呪術《じゅじゅつ》 闇《やみ》と光のバトル

仏《ほとけ》はわがうちにあり

密教《みっきょう》

はじめに

「密教《みっきょう》」と聞くと、皆《みな》さんはどんなイメージを思い浮《う》かべますか？

不思議《ふしぎ》な呪文《じゅもん》のように聞こえる「真言《しんごん》」でしょうか？　飲食を絶《た》って仏《ほとけ》を目指す「即身仏《そくしんぶつ》」でしょうか？

燃《も》え盛《さか》る護摩壇《ごまだん》の前で経《きょう》を唱《とな》える「加持祈祷《かじきとう》」でしょうか？

わたしの学生時代に高野山《こうやさん》の密教僧《みっきょうそう》が主人公で超常《ちょうじょう》の事件《じけん》を解決《かいけつ》していく『孔雀王《くじゃくおう》』という漫画《まんが》が流行《はや》り、大変面白《おもしろ》く読んでいました。

わたしが密教《みっきょう》に触《ふ》れたのはこの『孔雀王《くじゃくおう》』がきっかけで、曼荼羅《まんだら》や仏像《ぶつぞう》の写真を眺《なが》めてはその美しさにうっとりとしたものです。

「密教《みっきょう》」とは「秘密《ひみつ》の教え」であり、お釈迦様《しゃかさま》の説《と》かれた仏教《ぶっきょう》（顕教《けんぎょう》：密教《みっきょう》以外のわかりやすくあきらかな教え）という言葉に対比《たいひ》して使われているそうです。

初期の密教《みっきょう》は民間の呪術《じゅじゅつ》や密法《みっぽう》の影響《えいきょう》を強く受けており、「マントラ（真言《しんごん》）」と呼《よ》ばれる呪文《じゅもん》を唱《とな》えたり、手印《しゅいん》を結ぶなどして災難《さいなん》や苦しみを退《しりぞ》け、幸せを招《まね》き入れることを目的としていました。
七、八世紀頃《ごろ》にインドで起こった密教《みっきょう》は唐《とう》の時代に中国へ伝わり、平安時代初期に空海《くうかい》・最澄《さいちょう》によって日本に持《も》ち込まれています。
当時、貴族《きぞく》を中心に広く信仰《しんこう》されていた「密教《みっきょう》」は、やがて陰陽師《おんみょうじ》を追いやり、その勢力《せいりょく》を広めていきました。

そんな「言葉で言い表すことのできない」奥深《おくぶか》い密教《みっきょう》の話を、わたしのような信徒《しんと》でもない者が語るのは気が引けるのですが……。

日本に密教《みっきょう》を広めた立役者、弘法大師《こうぼうだいし》・空海《くうかい》を中心に、僧《そう》たちがどんな不思議《ふしぎ》な力を持っていたのか、サラリと紹介《しょうかい》していきましょう。

橘伊津姫《たちばないつき》

もくじ

密教《みっきょう》

■空海《くうかい》

「弘法《こうぼう》にも筆《ふで》の誤《あやま》り」の諺《ことわざ》にも登場する弘法大師《こうぼうだいし》とは、空海《くうかい》のことです。宝亀《ほうき》五年（７７４年）に讃岐国《さぬきのくに》多度郡《たどぐん》屏風《びょうぶ》が浦《うら》、現在《げんざい》の香川県で生まれました。幼《おさな》い頃《ころ》の名前は佐伯真魚《さえきまお》、真言宗《しんごんしゅう》の開祖《かいそ》として高野山《こうやさん》を開いた人物です。

十五歳《さい》の頃《ころ》から『論語《ろんご》』や歴史を学び、十八歳《さい》の時には京の大学寮《だいがくりょう》で勉強をはじめますが、十九歳《さい》で大学の勉強が物《もの》足《た》りなくなった空海《くうかい》は山林での修行《しゅぎょう》に入ります。

延暦《えんりゃく》二十三年（８０４年）に長期留学僧《ちょうきりゅうがくそう》として唐《とう》に渡《わた》り、密教《みっきょう》を学びました。

実は空海《くうかい》の乗っていた船は嵐《あらし》に流されて航路《こうろ》を大きく外《はず》れ、現在《げんざい》の福州長渓県赤岸鎮《ふくしゅうちょうけいけんせきがんちん》に漂着《ひょうちゃく》しましたが、そこで海賊《かいぞく》と間違《まちが》えられ、疑《うたが》いが晴れるまで約五十日間、その土地を離《はな》れることは許《ゆる》されませんでした。大同元年《だいどうがんねん》（８０６年）、二年間の留学《りゅうがく》を終え、無事に帰国。

今のように航海技術《こうかいぎじゅつ》の発達していなかった時代、多くの遣唐使《けんとうし》が嵐《あらし》を乗り越《こ》えられずに帰国を諦《あきら》めたり、命を落としたりする中で、無事に帰ってこられたのは本当に運が良かったと言えます。

唐《とう》から空海《くうかい》が持ち帰ったさまざまな経典《きょうてん》や曼荼羅《まんだら》・法具《ほうぐ》は「御請来目録《ごしょうらいもくろく》」に記入され、なんと今ではオンラインで内容を閲覧《えつらん》することができます。（文化遺産《ぶんかいさん》オンライン　https://bunka.nii.ac.jp/heritages/detail/244548）

弘仁《こうにん》七年（８１６年）、修禅《しゅぜん》の道場を開設《かいせつ》する目的で高野山《こうやさん》の下賜《かし》が認《みと》められ、開創《かいそう》に着手します。

この八年後の天長元年《てんちょうがんねん》（８２４年）に神泉苑《しんせんえん》での雨乞《あまご》い勝負がおこなわれたのです。

承和《じょうわ》二年（８３５年）三月二十一日午前四時頃《ごろ》に享年《きょうねん》六十二歳《さい》で亡《な》くなったとされていますが、高野山《こうやさん》では奥之院《おくのいん》の霊廟《れいびょう》でいまだ禅定《ぜんじょう》（悟《さと》りを開くための禅《ぜん》の修行《しゅぎょう》）をおこなっていると考えられています。

■雨乞《あまご》いの戦い

時は天長元年《てんちょうがんねん》（８２４年）、淳和天皇《じゅんなてんのう》の御代《みよ》のこと。

二月（現在《げんざい》の三月）から長い間一滴《いってき》の雨も降《ふ》らず、日照《ひで》りが続いて人々を苦しめていました。

「いったい、いつになったら雨が降《ふ》るんだ」

「このままでは田畑も俺《おれ》たちも干上《ひあ》がってしまう」

「これほどまでに雨が降《ふ》らないのはきっと、主上《おかみ》が天を怒《おこ》らせるようなことをしたからに違《ちが》いない」

「なんでもいい、誰《だれ》でもいいから雨を降《ふ》らせてくれ」

ついにはそのような恨《うら》みの声が朝廷《ちょうてい》にも届《とど》くようになりました。

人々の苦しみに心を痛《いた》めた淳和天皇《じゅんなてんのう》は、東寺別当《とうじべっとう》（寺社の長官）である空海《くうかい》と西寺《さいじ》の守敏《しゅびん》に雨乞《あまご》いをするようにお命じになりました。

「このたびの日照《ひで》りによって、朕《ちん》の民草《たみくさ》が渇《かわ》きに苦しんでおる。即刻《そっこく》、祈雨《きう》の修法《しゅほう》を執《と》りおこない、天の龍《りゅう》に願って雨を降《ふ》らせるようにせよ」

勅命《ちょくめい》を受けた二人《ふたり》は、まず守敏《しゅびん》が雨乞《あまご》いの儀式《ぎしき》を執《と》りおこなうことになりました。

「どうぞ、この守敏《しゅびん》めにお任《まか》せください。必ずや恵《めぐ》みの雨を降《ふ》らせてご覧《らん》にいれましょう」

守敏《しゅびん》は雨乞《あまご》いのための祭壇《さいだん》を用意させると、七日間にも及《およ》ぶ祈雨《きう》の修法《しゅほう》を執《と》りおこないました。

高僧《こうそう》の祈《いの》りが届《とど》いたのか、七日目にようやく雨が降《ふ》り出します。

人々は待ち望んでいた雨に歓声《かんせい》を挙《あ》げましたが、その声はすぐに失望《しつぼう》へと変わっていきました。

と言うのも、守敏《しゅびん》の法力《ほうりき》によってもたらされた雨はほんのわずかで、しかも洛中《らくちゅう》にしか降《ふ》らなかったからです。

淳和天皇《じゅんなてんのう》は空海《くうかい》に、引き続き雨乞《あまご》いの儀式《ぎしき》をおこなうようにお命じになりました。

「拙僧《せっそう》の全身全霊《ぜんしんぜんれい》をかけて、国の民の命を救《すく》うとお約束《やくそく》いたします」

そうして空海《くうかい》は神泉苑《しんせんえん》の法成就池《ほうじょうじゅいけ》の北側に大きな仮屋《かりや》を建《た》て、その中にいくつかの祭壇《さいだん》を設《もう》けました。

十三本の幡《はた》を用意して、それぞれに持国天《じこくてん》・多聞天《たもんてん》・広目天《こうもくてん》・増長天《ぞうちょうてん》の「四天王《してんのう》」、難陀《なんだ》・跋難陀《ばつなんだ》・娑《しゃ》伽羅《がら》・和修吉《わしゅきつ》・徳叉迦《とくしゃか》・阿那婆達多《あなばだった》・摩那斯《まなし》・優鉢羅《うはつら》の「八大龍王《はちだいりゅうおう》」、孔雀明王《くじゃくみょうおう》を依《よ》らせ、美しく整えて立てていきます。

空海《くうかい》は仮屋《かりや》の中に入ると護摩《ごま》を焚《た》き、請雨経法《しょううきょうほう》を執《と》りおこないました。

ですが空海《くうかい》が七日間祈《いの》っても、一滴《いってき》の雨も空からは落ちてきませんでした。

「おかしなことよ。わたしの祈《いの》りが天に届《とど》いている気配《けはい》がない。さらに言うなら、これだけ呼《よ》びかけているのに、水神である龍王《りゅうおう》たちからなんの応《こた》えもないとは。何が起こっているにせよ、善《よ》からぬことであるのに違《ちが》いはないだろう」

そう考えた空海《くうかい》は雨乞《あまご》いの修法《しゅほう》を一旦《いったん》切り上げると、深い瞑想《めいそう》に入りました。

心を飛ばして三千世界の隅々《すみずみ》まで龍神《りゅうじん》を探《さが》してみると、小さな水瓶《みずがめ》にすべての龍神《りゅうじん》たちが封《ふう》じられているのがわかりました。

これは嵯峨天皇《さがてんのう》の覚《おぼ》えめでたく、淳和天皇《じゅんなてんのう》にも重用《ちょうよう》されている空海《くうかい》を妬《ねた》んだ守敏《しゅびん》の仕業《しわざ》だったのです。

空海《くうかい》の活躍《かつやく》を苦々《にがにが》しく感じていた守敏《しゅびん》はとうとう嵯峨《さが》・淳和《じゅんな》の二帝《にてい》を逆恨《さかうら》みするまでに思《おも》い詰《つ》め、三千世界の龍神《りゅうじん》を捕《と》らえて封《ふう》じ込《こ》め、干《かん》ばつを引き起こして苦しめようとしていたのです。

それを知らない淳和天皇《じゅんなてんのう》は守敏《しゅびん》に祈雨《きう》の修法《しゅほう》をおこなうようにお命じになりました。

しかし自分で龍神《りゅうじん》たちを封《ふう》じてしまっていたために、修法《しゅほう》は成功せず、ほんのわずかの雨しか降《ふ》らせることができなかったのです。

空海《くうかい》はさらに心を研《と》ぎ澄《す》ませ、世界の隅々《すみずみ》を探《さが》して回りました。

すると、ただお一人《ひとり》「善女龍王《ぜんにょりゅうおう》」だけが守敏《しゅびん》の手を逃《のが》れ、天竺《てんじく》の北、無熱池《むねつち》という場所にいらっしゃるのがわかりました。

空海《くうかい》は淳和天皇《じゅんなてんのう》にさらに二日間の雨乞《あまご》い延長《えんちょう》を願い出て許《ゆる》され、善女龍王《ぜんにょりゅうおう》を都の空に呼《よ》び出すための祈祷《きとう》をはじめました。

空海《くうかい》が祈《いの》りはじめると、善女龍王《ぜんにょりゅうおう》が八寸大《はっすんだい》（約二十四センチ）の金色の龍王《りゅうおう》の姿《すがた》となり、身《み》の丈《たけ》九尺《しゃく》（約二・七メートル）ほどの蛇《へび》の頭に乗って法成就池《ほうじょうじゅいけ》に降《お》り立つ様子が心の中に鮮明《せんめい》に浮《う》き上がってきました。

早速《さっそく》このことを淳和天皇《じゅんなてんのう》にお伝えすると、天皇《てんのう》は驚《おどろ》きつつも大変お喜びになり、側《そば》に控《ひか》える和気真綱《わけのまつな》

に御幣《ごへい》や供物《くもつ》を大至急《だいしきゅう》揃《そろ》えるようにとお命じになりました。

善女龍王《ぜんにょりゅうおう》のためにうやうやしく祭壇《さいだん》を設《しつら》え終わった空海《くうかい》が雨乞《あまご》いの修法《しゅほう》を再開《さいかい》すると、空にはたちまち黒雲が沸《わ》き起こり、皆《みな》が待ちに待った大粒《おおつぶ》の雨が降《ふ》りはじめました。

己《おのれ》の呪法《じゅほう》が破《やぶ》られたことに呆然《ぼうぜん》とする守敏《しゅびん》を尻目《しりめ》に、空海《くうかい》の呼《よ》び起こした雨は、その後三日三晩《みっかみばん》にわたって降《ふ》り注《そそ》ぎ、カラカラに乾《かわ》いた日本中の土地と人々を潤《うるお》したのでした。

淳和天皇《じゅんなてんのう》から労《ねぎら》いとお褒《ほ》めの言葉を頂戴《ちょうだい》した空海《くうかい》でしたが、それを面白《おもしろ》く思わぬ者もおりました。

言わずとしれた西寺《さいじ》の守敏《しゅびん》です。

空海《くうかい》に対する恨《うら》みをさらに募《つの》らせ、怒《いか》りをたぎらせていった守敏《しゅびん》は、とうとう決定的な行動に出てしまいます。

羅城門《らじょうもん》近くで空海《くうかい》を待《ま》ち伏《ぶ》せた守敏《しゅびん》は、通りがかった空海《くうかい》に向かって矢《や》を射《い》かけたのです。

あわや！　という瞬間《しゅんかん》にどこからともなく黒衣《こくい》の僧《そう》が現《あらわ》れ、放《はな》たれた矢《や》はその肩《かた》を貫《つらぬ》きました。

黒衣《こくい》の僧《そう》によって命を助けられた空海《くうかい》が辺《あた》りを探《さが》してみましたが、ケガをしたはずの黒衣《こくい》の僧《そう》を見つけることはできませんでした。

不思議《ふしぎ》に思っていると、羅城門脇《らじょうもんわき》に建《た》っている地蔵《じぞう》が目に入りました。

よくよく見れば、その肩《かた》には矢傷《やきず》がついているではありませんか。

空海《くうかい》の命を救《すく》ってくれた黒衣《こくい》の僧の正体は、この地蔵《じぞう》だったのです。

それを知った空海《くうかい》は感謝《かんしゃ》をこめて地蔵《じぞう》を祀《まつ》り、人々は空海《くうかい》の命を救《すく》ったこの地蔵《じぞう》を「矢取地蔵《やとりじぞう》」として今でも大事にお守りしているのです。

空海《くうかい》に雨乞《あまご》い勝負で負けてしまった守敏《しゅびん》は表舞台《おもてぶたい》から姿《すがた》を消し、時を同じくして西寺《さいじ》も寂《さび》れていったとされています。

今でも高野山《こうやさん》に参詣《さんけい》すると、不動堂《ふどうどう》の南に「蓮池《はすいけ》」があります。その池の中央にある小島には「善女龍王《ぜんにょりゅうおう》」を祀《まつ》る社《やしろ》が鎮座《ちんざ》しています。

蓮池《はすいけ》の小島に社《やしろ》を造営《ぞうえい》した際《さい》に、善女龍王像《ぜんにょりゅうおうぞう》を安置《あんち》すると、瞬《また》く間《ま》に大雨が降《ふ》り出したという逸話《いつわ》が残されています。

■守敏《しゅびん》

平安時代前期の僧《そう》で、出自については不明とされています。

弘仁《こうにん》十四年（823年）に嵯峨天皇《さがてんのう》から空海《くうかい》に東寺《とうじ》が、守敏《しゅびん》には西寺《さいじ》が与《あた》えられましたが、この二人《ふたり》は何事においても対立していたと言われます。

天長元年《てんちょうがんねん》（824年）の大干魃《だいかんばつ》の際《さい》、淳和天皇《じゅんなてんのう》の命で京の神泉苑《しんせんえん》で雨乞《あまご》いの儀式《ぎしき》をおこない、法力《ほうりき》を競いました。

守敏《しゅびん》は奈良《なら》・興福寺《こうふくじ》の第三代別当《べっとう》を務《つと》め、後《のち》に室生寺《むろうじ》の創建《そうけん》にあたった修円僧都《しゅうえんそうず》がモデルだという説もあります。

修円僧都《しゅうえんそうず》は密教《みっきょう》にも関わりが深く、最澄《さいちょう》・空海《くうかい》と肩《かた》を並《なら》べるほどの法力《ほうりき》の持ち主《ぬし》で、二人《ふたり》とは密接《みっせつ》な関係があったとも伝えられています。

■用語集

■神泉苑《しんせんえん》・法成就池《ほうじょうじゅいけ》

京都市中京区門前町にある真言宗東寺派《しんごんしゅうとうじは》の寺院。

元々は平安京大内裏《だいだいり》に接《せっ》して造営《ぞうえい》された天皇《てんのう》のための庭園（禁苑《きんえん》）です。

古代から中世にかけては東寺《とうじ》が管理している雨乞《あまご》いのための道場として知られていました。

平安京を風水で見た時に、神泉苑《しんせんえん》は「龍口水《りゅうこうすい》」と呼《よ》ばれる部分にあたり、これは龍《りゅう》が動いて移動する際《さい》に必ず立《た》ち寄《よ》る水飲み場と考えられていました。

■東寺《とうじ》

京都市南区九条町《きょうとしみなみくくじょうちょう》にある国宝《こくほう》や名宝《めいほう》を所有する真言宗総本山《しんごんしゅうそうほんざん》の寺院で、世界遺産《せかいいさん》にも登録されています。

御本尊《ごほんぞん》は薬師如来《やくしにょらい》で、教王護国寺《きょうおうごこくじ》とも呼《よ》ばれています。

■西寺《さいじ》

平安京の右京区九条一坊《うきょうくくじょういちぼう》にあった官寺《かんじ》です。羅城門西側《らじょうもんにしがわ》に建立《こんりゅう》され、東寺《とうじ》とは対《つい》をなす寺院でした。

現在《げんざい》は京都市南区唐橋西寺町《きょうとしみなみくからはしさいじちょう》に「西寺跡《さいじあと》」として国の史跡《しせき》に指定されています。

■雨乞《あまご》い

日照《ひで》りが続いた時に、呪術師《じゅじゅつし》や陰陽師《おんみょうじ》、高僧《こうそう》などがおこなった「雨を呼《よ》ぶための儀式《ぎしき》」です。

法力《ほうりき》を持つ「特別」な人がおこなうだけではなく、その土地に住んでいる村人たちがおこなった儀式《ぎしき》も各地に伝わっています。

お百度参《ひゃくどまい》りやお湿《しめ》り詣《もう》で（千社詣《せんじゃもう》で）、百度垢離《ひゃくどこり》、山頂《さんちょう》での雨乞《あまご》い踊《おど》りや千把焚《せんばた》き、雨降石《あめふりいし》などの岩石《がんせき》に雨を祈《いの》るといった方法が残されています。また水流や湖沼《こしょう》に動物の死体や汚物《おぶつ》、金気のある物などを投《な》げ入れて水神《すいじん》・龍王《りゅうおう》を怒《おこ》らせて雨を呼《よ》び込《こ》むという方法もありました。山頂《さんちょう》で焚《た》き火や踊《おど》りを奉納《ほうのう》する儀式《ぎしき》は、太鼓《たいこ》や鳴り物を打ち鳴らして雷鳴《らいめい》を真似《まね》し、雨雲を呼《よ》び寄《よ》せるという意味がありました。

祈雨《きう》の際《さい》には黒馬《くろうま》を奉納《ほうのう》し、止雨《しう》には白馬《しろうま》または赤馬《あかうま》を奉納《ほうのう》するという神社の儀式《ぎしき》方法が、のちの「絵馬《えま》」の起源《きげん》だと考えられています。

■八大龍王《はちだいりゅうおう》

◆難陀龍王《なんだりゅうおう》

海洋の主《ぬし》で龍王中筆頭格《りゅうおうちゅうひっとうかく》。

◆跋難陀龍王《ばつなんだりゅうおう》

釈迦《しゃか》の降誕《こうたん》にあたり難陀龍王《なんだりゅうおう》とともに虚空《こくう》から清浄《せいじょう》な水を釈迦《しゃか》の頭上に注《そそ》いだとインドの古跡《こせき》に見られる。

◆娑伽羅龍王《しゃがらりゅうおう》

龍宮《りゅうぐう》の王で雨乞《あまご》いの本尊《ほんぞん》として信仰《しんこう》される。

◆和修吉龍王《わしゅきつりゅうおう》

水中に住む九頭龍《くずりゅう》で須弥山《しゅみせん》を守る。

◆**徳叉迦《とくしゃか》龍王《りゅうおう》**

怒《おこ》ったこの龍《りゅう》に凝視《ぎょうし》された時、その人は息絶《いきた》えると言われる。

◆**阿那婆達多《あなばだった》龍王《りゅうおう》／阿耨達《あのくだつ》龍王《りゅうおう》**

雪山ヒマラヤの阿耨達池《あのくだっち》に住む。

◆**摩那斯《まなし》龍王《りゅうおう》**

阿修羅《あしゅら》が海水で喜見城《きけんじょう》（天帝《てんてい》の住んでいる場所）を攻《せ》めた時、その海水を戻《もど》したという。

◆**優鉢羅《うはつら》龍王《りゅうおう》**

青蓮華《しょうれんげ》の池に住む。

■修円僧都《しゅうえんそうず》に挑《いど》む

興福寺《こうふくじ》には修円僧都《しゅうえんそうず》という高名な僧侶《そうりょ》がおられ、空海《くうかい》と同じように護持僧《ごじそう》として嵯峨天皇《さがてんのう》にお仕《つか》えしていました。

この二人《ふたり》の僧侶《そうりょ》は非常《ひじょう》に優《すぐ》れていて、帝《みかど》はどちらを特に重用《ちょうよう》するということもありませんでした。

空海《くうかい》は帝《みかど》の命令で唐《とう》に渡《わた》り、密教《みっきょう》を正しく学んで日本に持ち帰り、広めた功績《こうせき》の持ち主《ぬし》です。

修円僧都《しゅうえんそうず》は心が広く、密教《みっきょう》を深く理解し、修行《しゅぎょう》に励《はげ》んでおりました。

ある時、修円僧都《しゅうえんそうず》が帝《みかど》の御前《ごぜん》にご挨拶《あいさつ》にうかがうと、そこに大きな生栗《なまぐり》が置いてありました。

帝《みかど》はその栗《くり》を茹《ゆ》でて持ってくるようにとお側《そば》に仕《つか》える者にお命じになりました。

それを聞いた修円僧都《しゅうえんそうず》が、側仕えの者を押《お》し留《とど》めてこう言いました。

「主上《おかみ》、せっかくの立派《りっぱ》な生栗《なまぐり》でございます。ここは一つ、人間界の普通《ふつう》の火でいつものように茹《ゆ》でるのではなく、拙僧《せっそう》が修法《しゅほう》の力で栗《くり》を茹《ゆ》でてお目にかけましょう」

これを聞いた帝《みかど》は「そのようなことができるのか。それはまことに尊《とうと》いこと。さっそく茹《ゆ》でてみせるがよい」と、器《うつわ》に栗《くり》を入れて修円僧都《しゅうえんそうず》の目の前に置かせます。

修円僧都《しゅうえんそうず》はその栗《くり》をうやうやしく押《お》しいただいてから「それではこれより、修法《しゅほう》にて栗《くり》を茹《ゆ》でてお見せいたしましょう」と拝《おが》んでみせますと、たちまち栗《くり》は具合良く茹《ゆ》で上がりました。

たいそう喜ばれた帝《みかど》はすぐに茹《ゆ》で栗《ぐり》をお召《め》し上がりになり、「これはなんと美味なことか！　これまでの茹《ゆ》で栗《ぐり》とは味わいが違《ちが》う」と気に入られ、それから何度も同じようにして修円僧都《しゅうえんそうず》に栗《くり》を茹《ゆ》でさせました。

さて、その後。

空海《くうかい》が参内《さんだい》された時に、帝《みかど》は自慢気《じまんげ》に修円僧都《しゅうえんそうず》が栗《くり》を修法《しゅほう》によって茹《ゆ》でてくれたことを話してお聞かせになりました。

「修円《しゅうえん》が茹《ゆ》でてくれた栗《くり》がこの上なく美味でな。修法《しゅほう》の力で茹《ゆ》で上がっていると思えば、なんとも尊《とうと》いものではないか」

「それはたいへんに良いものを得《え》られましたな。まことに尊《とうと》いことにございます。ぜひ次に愚僧《ぐそう》が参内《さんだい》しておりますうちに、修円《しゅうえん》どのをお召《め》しになって同じように生栗《なまぐり》を茹《ゆ》でるようにお命じになってくださいませ」

帝《みかど》は修円僧都《しゅうえんそうず》を召《め》し出すと、いつものように生栗《なまぐり》を持ってこさせて、修法《しゅほう》によって茹《ゆ》でるように申し付けました。

「かしこまりました。しばしお待ちくださいませ」

修円僧都《しゅうえんそうず》はこれまで何度もそうしてきたように、生栗《なまぐり》を前にして拝《おが》みはじめました。

しかしどれだけ祈《いの》っても、栗《くり》は生《なま》のままで茹《ゆ》で上《あ》がることはありません。

修円僧都《しゅうえんそうず》は疑念《ぎねん》を抱《いだ》き「これはいったい、どうしたことなのでしょう」と思っていますと、物陰《ものかげ》から空海《くうかい》が姿《すがた》を現《あらわ》しました。

空海《くうかい》の姿《すがた》を一目見た修円僧都《しゅうえんそうず》は「さては、この御仁《ごじん》のせいで拙僧《せっそう》の力が抑《おさ》えられたに違《ちが》いない」とわかり、たちまち空海《くうかい》を恨《うら》みそねむ心が生まれました。

このことがあってから、修円僧都《しゅうえんそうず》と空海《くうかい》の仲は非常《ひじょう》に悪くなり、お互《たが》いに相手のことを呪詛《じゅそ》するようにまでなっていったのです。

ある時、空海《くうかい》は一つの謀《はかりごと》を思いつき「空海僧都《くうかいそうず》のところでは葬式《そうしき》の準備《じゅんび》をしている」と人々に印象付けるために、弟子《でし》たちに葬式《そうしき》の道具を買って回るように言いつけました。

そして人に聞かれたなら「空海僧都《くうかいそうず》が亡《な》くなられて、そのために葬式《そうしき》の道具をそろえに来たのです」と答えるようにと伝えました。

修円僧都《しゅうえんそうず》の弟子《でし》は市《いち》でこの噂《うわさ》を聞きつけ、走り帰ると師匠《ししょう》にそれを告《つ》げました。

弟子《でし》からの報告に「これは間違《まちが》いなく、拙僧《せっそう》の呪詛《じゅそ》の祈祷《きとう》が効《き》いたのだ。この勝負、拙僧《せっそう》の勝ちである」と確信した修円僧都《しゅうえんそうず》は、満足して祈祷《きとう》の修法《しゅほう》を取りやめてしまいました。

空海《くうかい》は修円僧都《しゅうえんそうず》のところに遣《つか》いを向かわせて、「修法《しゅほう》の祈祷《きとう》は終わったのですか?」と尋《たず》ねさせました。

やがて戻《もど》ってきた遣《つか》いは空海《くうかい》に、「修円僧都《しゅうえんそうず》は、今朝方修法《しゅほう》を終わらせたそうです」と告《つ》げました。

遣《つか》いの言葉を聞いた空海《くうかい》は、そのまま祈祷《きとう》を続けました。

すると、ほどなくして修円僧都《しゅうえんそうず》は死んでしまいました。

その後、空海《くうかい》は心の中で「わたしはわたしを呪詛《じゅそ》する修円《しゅうえん》を呪《のろ》い殺してしまった。もはやわたしの命を狙《ねら》う者はいない。長年わたしたちは対抗《たいこう》して争ってきたが、修円《しゅうえん》がわたしに勝《まさ》る時もあった。だとすれば、修円《しゅうえん》は並々《なみなみ》ならぬ人物であったに違《ちが》いない。どのような人物であったか是非《ぜひ》とも知りたいものだ」と考え、呼招法《こしょうほう》（死者の魂《たましい》を呼《よ》び招《まね》く法）を執《と》りおこなうと、大祭壇《だいさいだん》の上に軍荼利明王《ぐんだりみょうおう》（五大明王《みょうおう》の一つで、悪鬼《あっき》を調伏《ちょうぶく》し、病災を消し去《さ》るという）が両足を踏《ふ》みしめて立っている姿《すがた》が現《あらわ》れました。

その姿《すがた》を目にした空海《くうかい》は「やはり思った通り、修円《しゅうえん》は普通《ふつう》のお人ではなかったのだ」と確信しました。

■西行《さいぎょう》

平安時代末期から鎌倉《かまくら》時代初期にかけて活躍《かつやく》した武士《ぶし》であり、僧侶《そうりょ》であり、歌人でもある人物です。

俗名《ぞくめい》は佐藤義清《さとうのりきよ》、法名《ほうみょう》は円位《えんい》、一般的《いっぱんてき》に有名な「西行《さいぎょう》」は号になります。

鳥羽上皇《とばじょうこう》に北面《ほくめん》の武士《ぶし》として仕《つか》えていましたが、出家《しゅっけ》して「西行法師《さいぎょうほうし》」となりました。

西行《さいぎょう》は歌人としても非常《ひじょう》に優《すぐ》れていて、彼《かれ》のものと伝えられる和歌は約二三〇〇首《しゅ》にものぼります。

宮中《きゅうちゅう》の人物とも親交が深く、後《のち》に「日本三大怨霊《おんりょう》」の一柱《ひとはしら》となる崇徳天皇《すとくてんのう》の側近《そばちか》くに仕《つか》えていたこともありました。

しかし鳥羽上皇《とばじょうこう》の策略《さくりゃく》によって崇徳天皇《すとくてんのう》は帝位《ていい》を追われ、遠く離《はな》れた讃岐国《さぬきのくに》で命を落とします。西行《さいぎょう》がその悲しい魂《たましい》を慰《なぐさ》めようと、崇徳院《すとくいん》の墓廟《ぼびょう》のある四国の白峰陵《しらみねりょう》を訪《たず》ねた時の様子が、江戸時代の作家上田秋成《うえだあきなり》の『雨月物語《うげつものがたり》』中の作品に描《えが》かれています。

生涯《しょうがい》を通じて各地を点々とし、文治《ぶんじ》六年（１１９０年）に河内国石川郡弘川《かわちのくにいしかわぐんひろかわ》（現在《げんざい》の大阪府南河内郡河南町弘川《おおさかふみなみかわちぐんかなんちょうひろかわ》）にある弘川寺《ひろかわでら》（龍池山瑠璃光院弘川寺《りゅうちざんるりこういんひろかわでら》）にて生涯《しょうがい》を終えました。

■高野《こうや》の奥《おく》にて人をつくる

昔むかし、西行《さいぎょう》がまだ高野山《こうやさん》で修行《しゅぎょう》をしていた頃《ころ》の話です。

いっしょに修行《しゅぎょう》をしていた僧《そう》・西住《さいじゅう》が高野山《こうやさん》を去《さ》り、一人《ひとり》残された西行《さいぎょう》は語り合う友人もいなくなってしまい、人恋《ひとこい》しさを募《つの》らせておりました。

ある日、西行《さいぎょう》は思いつきます。

「そうだ、寂《さび》しさを紛《まぎ》らわすために、人をつくれば良いではないか」

突拍子《とっぴょうし》もない思いつきではありましたが、幸か不幸か西行《さいぎょう》には人をつくるための「反魂《はんこん》の術《じゅつ》」の知識《ちしき》があったのです。

西行《さいぎょう》は野に出ると、山中をさまよって死人の骨《ほね》を集めはじめました。

「これは腕《うで》の骨《ほね》、これは足の骨《ほね》・・・」

北の藪《やぶ》の中を覗《のぞ》き、南の川の中をさらい、東の谷を渡《わた》り、西の木立を探《さが》し回り、とうとう西行《さいぎょう》はそのすべての骨《ほね》を集め終わりました。

「これでようやく術《じゅつ》をおこなうことができる。早く友と語り合いたいものだ」

頭から手足の先まで、誰《だれ》のものとも知れぬ骨《ほね》を並《なら》べ、人一人《ひとり》分の形を整えると、西行《さいぎょう》はそれに用意しておいた砒霜《ひそう》（砒素《ひそ》）を塗《ぬ》り込《こ》みます。

イチゴとハコベの葉を揉《も》み合わせ、バラバラになっている骨《ほね》を藤《ふじ》の柔《やわ》らかな若枝《わかえだ》で縛《しば》り、小さな骨《ほね》は絹糸《きぬいと》を使って固定していきました。

何度も小川から水を運んでは骨《ほね》を洗《あら》い、サイカイとムクゲの葉を焼いた灰《はい》を頭蓋骨《ずがいこつ》に塗《ぬ》りつけます。

万が一にも誰《だれ》かに見つかることのないように、作業は山の奥《おく》でおこなわれました。

反魂《はんごん》の術《じゅつ》は細《こま》やかな決まり事が多く、実行するのは大変でしたが「これで山の中、一人《ひとり》で過《す》ごすこともなくなる」と思えば苦にはなりませんでした。

「この者が目覚《めざ》めたら、どのような声で話すのだろう」

「名前をつけてやったほうがいいだろうか」

「何を話して聞かせてやろうか」

「修行《しゅぎょう》の合間に見つけた景色の良い場所へも連れて行ってやろう」

西行《さいぎょう》は「それ」が魂《たましい》を得《え》て動き出す日を楽しみにしていました。

そしてようやく願いが叶《かな》う日がやってきました。

息《いき》を潜《ひそ》めて見つめる西行《さいぎょう》の目の前で、肉体と魂《たましい》を得《え》た人形が動きはじめたのです。

ゆっくり、ゆっくりと手足を動かし、体を動かそうともがきます。

まぶたが開いて瞳《ひとみ》が現《あらわ》れた時、西行《さいぎょう》は喜びのあまり体を震《ふる》わせますが、次の瞬間《しゅんかん》、失望《しつぼう》の息《いき》を吐《は》いて肩《かた》を落としました。

動き出した人形は、とても「人間」と呼《よ》べるものではなかったのです。

肌《はだ》は青黒くて血の気がなく、濁《にご》った瞳《ひとみ》には知性も理性も感じられません。

油気のないバサバサの髪《かみ》はまばらに抜《ぬ》け落ち、歯は口の中に数本しかありませんでした。

西行《さいぎょう》が話しかけても返事をせず、口を開けば出てくるのは壊《こわ》れた笛《ふえ》のような音だけです。

西行《さいぎょう》は自分の反魂《はんこん》の術《じゅつ》が失敗《しっぱい》したことを悟《さと》りました。

「あれだけの手間隙《てまひま》をかけてつくり上げたのが失敗作《しっぱいさく》だったとは。いったい、どこで間違《まちが》えてしまったのだろう」

頭を抱《かか》える西行《さいぎょう》の側《そば》で、生《い》ける死人《しびと》である人形は声にならない声を発しながら、赤子のように這《は》い回っています。

「これをどうするべきか」

西行《さいぎょう》は悩《なや》みました。

このような異形《いぎょう》の存在《そんざい》を連れ歩くわけにもいかず、かといって人の姿《すがた》をしているだけに棄《す》てるのも気が咎《とが》めます。

心がないことを思えば山野の草木と変わらないとも言えますが、これを壊《こわ》せば人を殺《あや》めたことになるかもしれません。

「不殺生《ふせっしょう》」の誓《ちか》いを立てている僧侶《そうりょ》の身で、それはできない相談でした。

「軽々しく生命をつくり出そうなどと考えた、自分が愚《おろ》かだったのだ」

さんざん悩《なや》んだ末《すえ》に、西行《さいぎょう》は「彼《かれ》」を連れて高野山《こうやさん》の奥《おく》深く、人が分け入ってくることのない場所へ行き、その場に捨《す》て置《お》く決意をしたのです。

「わたしが浅慮《せんりょ》だったばかりに、お前に仮《か》りそめの命を与《あた》え、再《ふたた》び苦しみと死を与《あた》えることになってしまった。本当に申《もう》し訳《わけ》ないと思っている。だが、そのような有り様のお前が人里に姿《すがた》を現《あらわ》せば、人々は恐《おそ》れおののき、世が乱《みだ》れるきっかけにもなりかねん。かわいそうだが、お前はこの場で朽《く》ち果《は》てるまで一人《ひとり》で過《す》ごさねばならん。静かに眠《ねむ》っていたお前の魂《たましい》を勝手に、人恋《ひとこい》しさに負けて呼《よ》び起《お》こしてしまったわたしを許《ゆる》しておくれ」

西行《さいぎょう》は「彼《かれ》」に言いふくめると、見つけた洞穴《どうけつ》の奥《おく》に座《すわ》らせて背《せ》を向けました。

そして「彼《かれ》」がそこから出てくることのないように、入口をふさいでしまったのです。

足早にその場を離《はな》れようとする西行《さいぎょう》の耳には、「彼《かれ》」の発する壊《こわ》れた笛《ふえ》のような声がいつまでも響《ひび》いていました。

やがて高野山《こうやさん》を下りた西行《さいぎょう》は京の都へ出て、自分に反魂《はんこん》の術《じゅつ》を教えてくれた伏見《ふしみ》源中納言師仲《みなもとのちゅうなごんもろなか》を訪《たず》ねました。

「わたしがつくったのは失敗作《しっぱいさく》で、とても人と呼《よ》べるものではありませんでした。一体、何が悪かったのでしょうか?」

西行《さいぎょう》の話を聞いた師仲《もろなか》はもてなしのための茶を飲みながら、正しい反魂《はんごん》の術《じゅつ》、つまり死人の体に魂《たましい》を入れる方法を教え、何が誤《あやま》りだったのかを伝えました。

「最後に香《こう》を焚《た》いたのがよろしくありませんでしたな。香《こう》は魔《ま》を遠ざけ、人の魂《たましい》を浄土《じょうど》へと導《みちび》く来迎仏《らいごうぶつ》の聖《せい》なる力を集める徳《とく》がございますゆえ。この仏《ほとけ》の力は人の生死を深く忌《い》むために、死者に心を定着させるのは難《むずか》しいのですよ。以後は香《こう》ではなく、沈《じん》と乳《ち》を焚《た》かれると良いでしょう。それから、反魂《はんごん》の術《じゅつ》をおこなう前には、七日間食を絶《た》ってからになさいませ」

「師仲《もろなか》さまは一体どなたからこの術《じゅつ》を?」

「四条大納言藤原公任《しじょうだいなごんふじわらのきんとう》さまの流派《りゅうは》を伝授《でんじゅ》していただきました。わたしもね、これまでに何人も人をつくってきました。中には大臣《だいじん》にまで出世した者もおりますし、それらの者は死人とは気づかれないまま今でも内裏《だいり》に出仕しております。それが誰《だれ》かはお答えいたしかねます。その名を明かせば、つくったわたしも、つくられた者らも、たちまち消えてなくなってしまいますのでな。決して口には出せないのでございますよ」

師仲《もろなか》の話を聞いた西行《さいぎょう》は、自分の術《じゅつ》の何が間違《まちが》っていたかを知りましたが、虚《むな》しくなってしまい、教えてもらった正しい反魂《はんごん》の術《じゅつ》を使って人をつくることはそれ以降《いこう》、一度もありませんでした。

◆西行《さいぎょう》の出家《しゅっけ》については謎《なぞ》が多い

『西行物語絵巻《さいぎょうものがたりえまき》』では親しい友人の死をきっかけに北面《ほくめん》の武士《ぶし》をやめたことが記《しる》されています。

また『源平盛衰記《げんぺいせいすいき》』には高貴《こうき》な身分の女官《にょかん》に恋心《こいごころ》を抱《だ》き、熱烈《ねつれつ》な恋文《こいぶみ》を何度も送ったことが記《しる》されています。

手紙を受け取った女官《にょかん》はその熱意にほだされて西行《さいぎょう》と一夜だけ契《ちぎ》りを結びます。

別《わか》れ際《ぎわ》「次はいつ会えますか?」と尋《たず》ねた西行《さいぎょう》に対し、女官《にょかん》は「あこぎであろう」と返事をされ、失恋《しつれん》したため出家《しゅっけ》したとあります。

ちなみに「あこぎ」とは「二度目は図々《ずうずう》しい」という意味だそうです。

近世初期成立の『西行《さいぎょう》の物かたり』では、西行《さいぎょう》が恋煩《こいわずら》いに陥《おちい》ったのは御簾《みす》の間から姿《すがた》を垣間見《かいまみ》た女院だったと伝えられます。

◆伏見源中納言師仲《ふしみみなもとのちゅうなごんもろなか》

源師仲《みなもとのもろなか》は平安時代後期の公卿《くぎょう》で歌人です。

後白河上皇《ごしらかわじょうこう》の院政《いんせい》に参加《さんか》し、その一翼《いちよく》を担《にな》う有力な廷臣《ていしん》でした。

平治元年《へいじがんねん》（1159年）に藤原信頼《ふじわらののぶより》、源義朝《みなもとのよしとも》らとともに挙兵《きょへい》（平治《へいじ》の乱《らん》）しますが、「賊軍《ぞくぐん》」として追われる身となり、永暦元年《えいりゃくがんねん》（1160年）に下野国《しもつけのくに》（現在《げんざい》の栃木県《とちぎけん》）に配流《はいる》となりました。

◆西行《さいぎょう》の反魂《はんごん》の術《じゅつ》

西行《さいぎょう》の反魂《はんごん》の術《じゅつ》の話を要約すると、

「高野山《こうやさん》で修行中《しゅぎょうちゅう》の西行《さいぎょう》は、人恋《ひとこい》しくなって、以前教えてもらった反魂《はんごん》の術《じゅつ》で、人間をつくってみようという気になった。

野原に出て、死人の骨《ほね》を取り集めて手順通り並《なら》べて、イチゴやハコベの葉、藤の若芽《わかめ》、サイカチの葉やムクゲの葉を使ってつくってはみたものの、それは人の姿《すがた》はしていても、見た目は悪く、声は出るものの、吹《ふ》き損《そん》じの笛《ふえ》みたいで、がっかりしてしまった。どうしようかと考えたが、壊《こわ》すのは人殺しみたいだし・・・しょうがないから山奥《やまおく》の人も通らないところに捨《す》ててきた」

という失敗談《しっぱいだん》ですが、結果はどうあれ、チャレンジ精神《せいしん》だけは旺盛《おうせい》だったようです。しかし、この話から、人の手によってつくられるものは、いずれは虚《むな》しく消える定《さだ》めにあるという教えが見えてくるように思えます。

■日蔵《にちぞう》

日蔵上人《にちぞうしょうにん》は平安時代中期の僧侶《そうりょ》です。

十二歳《さい》で出家《しゅっけ》した日蔵《にちぞう》は金峰山《きんぶせん》で無言断食《むごんだんじき》の修行《しゅぎょう》をしている最中に命を落としますが、執金剛神《しゅこんごうじん》の化身《けしん》（蔵王菩薩《ざおうぼさつ》の化身《けしん》とも）と名乗る僧《そう》が現《あらわ》れて、彼《かれ》を冥府六道《めいふろくどう》へと導《みちび》きます。

そこで太政天神《だいじょうてんじん》となった菅原道真《すがわらのみちざね》と出会って言葉を交《か》わす機会を得《え》ました。

道真《みちざね》は自分を右大臣《うだいじん》の地位から追い落とした醍醐天皇《だいごてんのう》を恨《うら》んでおり、日本の国土と人民を破壊《はかい》し尽《つ》くしたいと考えているが、日本には自分の愛する密教《みっきょう》が広まり、神仏《しんぶつ》も彼《かれ》の心を慰《なぐさ》めてくれるので思いとどまっていると伝えます。

また、災害《さいがい》が起こると自分のせいだと思われているが、それは配下《はいか》の雷神鬼王《らいじんきおう》たちの仕業《しわざ》であるとも言います。

この災《わざわ》いから逃《のが》れるための方法を尋《たず》ねる日蔵《にちぞう》に「わたしの像《ぞう》をつくり名号《みょうごう》を唱《とな》えて祈《いの》る者には災厄《さいやく》を免《めん》じよう」と教え、地上の天皇《てんのう》にそれを伝えるようにと託《たく》しました。

日蔵《にちぞう》は地獄《じごく》で責《せ》め苦《く》を受け苦しむ醍醐天皇《だいごてんのう》の姿《すがた》を見た後《あと》、帰路《きろ》を教えられて蘇生《そせい》しました。

八月一日に息を引き取ってから、十三日に息《いき》を吹《ふ》き返《かえ》すまでの十二日間、日蔵《にちぞう》は地獄《じごく》を巡《めぐ》っていたことになります。

このように不思議《ふしぎ》な体験談の多い日蔵《にちぞう》は、強い法力《ほうりき》の持ち主《ぬし》としても有名だったそうです。

■吉野の山にて鬼《おに》にあう話

昔むかしのことです。

日蔵《にちぞう》が吉野の山奥《やまおく》で修行《しゅぎょう》していた頃《ころ》の話です。

日蔵《にちぞう》が山中を歩いていると、身《み》の丈《たけ》七尺《しゃく》（約二・一メートル）ほどの鬼《おに》と出会いました。

肌《はだ》の色は紺青《こんじょう》、ボサボサの髪《かみ》は火のように赤く、頭は大きく胸《むね》の骨《ほね》は尖《とが》って飛び出し、腹《はら》はボッコリとふくれ、脛《すね》はガリガリにやせ細っていました。

鬼《おに》は日蔵《にちぞう》の姿《すがた》を認《みと》めると、両手を組み合わせて敵意《てきい》がないことを示《しめ》します。

泣いている鬼《おに》に向かって、日蔵《にちぞう》が「どうしたのだ?」と尋《たず》ねますと、相手は涙《なみだ》を流しながら答えました。

「わたしは、この時代より四、五〇〇年も前の昔の者です。ある者のために恨《うら》みを残してしまい、今はこのような鬼《おに》の姿《すがた》と成《な》り果《は》てました。憎《にく》い敵《てき》を願い通りに取り殺し、その子、孫《まご》、曾孫《ひまご》、玄孫《やしゃご》にいたるまで一人《ひとり》残らず取り殺してしまいました。今は殺す相手が誰《だれ》もいなくなってしまい、それならば奴《やつ》らが生まれ変わっていく先までも突《つ》き止《と》めて、追《お》い詰《つ》めて取り殺してやろうと思っていますが、次々と生まれ変わる先までは知りようもなく、殺してやることもできません。わたしの心の中には、これまでと同じく憎《にく》しみの炎《ほのお》が燃《も》えていて消えることがありません。ですが取り殺すべき敵《かたき》の子孫《しそん》は絶《た》え果《は》ててしまいました。わたし一人《ひとり》だけが消えぬ憎《にく》しみの炎《ほのお》に焼かれて、苦しくて仕方《しかた》がないのです。こんな心を起

こさなければ、あるいは極楽《ごくらく》や天上界《てんじょうかい》に生まれ変われたかも知れません。これほどまでに強い恨《うら》みを抱《かか》えて、こんなに浅《あさ》ましき姿《すがた》に成《な》り果《は》て、無限永劫《むげんえいごう》に苦しみを受けるということが、悲しくてやりきれません。人を恨《うら》み、憎《にく》しみを抱《いだ》き続けることは、結局、最後には自分のところに戻《もど》ってくるものだったとは。殺すべき相手は絶《た》えてしまいましたが、わたしの中にある恨《うら》みの炎《ほのお》は消えず、わたしの命も終わることがありません。そうと知っていれば、こんなに恨《うら》みを残すようなことはしなかったでしょうに……」

そのように語る鬼《おに》の目からはとめどなく涙《なみだ》が溢《あふ》れ、泣き止むことはありませんでした。

そして語っている間にも鬼《おに》の頭の上からは炎《ほのお》が燃《も》え出し、鬼《おに》は泣きながら山の奥《おく》深くへと姿《すがた》を消してしまいました。

これを哀《あわ》れに思った日蔵《にちぞう》は、鬼《おに》とその鬼《おに》に取り殺されてしまった人々のために供養《くよう》をおこない、彼《かれ》らの魂《たましい》が無事成仏《じょうぶつ》できるように祈《いの》りました。

■良源《りょうげん》

平安時代中期に活躍《かつやく》した僧侶《そうりょ》です。

十二歳《さい》の時に（十五歳《さい》との説もあります）最澄《さいちょう》が興《おこ》した天台宗《てんだいしゅう》の総本山《そうほんざん》・延暦寺《えんりゃくじ》の門を叩《たた》き出家《しゅっけ》しました。

非常《ひじょう》に優《すぐ》れた才能《さいのう》を持っていた人物であり、当時の流れとしては珍《めずら》しく、最澄《さいちょう》の直系《ちょっけい》の弟子《でし》ではなく身分も低い出身だったにもかかわらず、最終的には延暦寺《えんりゃくじ》の最高位である「座主《ざす》」に、そして晩年《ばんねん》には宗派《しゅうは》の最高位である「大僧正《だいそうじょう》」の座《ざ》に就任《しゅうにん》しています。

良源《りょうげん》の命日は正月三日であることから「元三大師《がんざんだいし》」とも呼《よ》ばれ、現在《げんざい》でも多くの信仰《しんこう》を集めています。

今では全国の寺社で当たり前に取《と》り扱《あつか》われている「御神籤《おみくじ》」の創始者《そうししゃ》とも言われる良源《りょうげん》は、南光坊天海《なんこうぼうてんかい》と並《なら》んで「両《りょう》大師《たいし》」とも呼称《こしょう》されます。

また「姿《すがた》を変えて衆生《しゅじょう》を救《すく》う観音菩薩《かんのんぼさつ》の化身《けしん》」とも伝えられており、三十三身の化身《けしん》になぞらえて三十三体の小さな良源《りょうげん》の姿《すがた》を描《か》き写《うつ》した「豆大師《まめだいし》」の札《ふだ》があります。

「魔《ま》を滅《めっ》する」ことから「魔滅大師《まめだいし》」とも呼《よ》ばれるこの札《ふだ》は天台宗《てんだいしゅう》の一部寺院で購入《こうにゅう》することができます。

■夜叉《やしゃ》に姿《すがた》を変じて病魔《びょうま》を祓《はら》う

現代《げんだい》ほど医療技術《いりょうぎじゅつ》が発達しておらず、衛生状態《えいせいじょうたい》も良くなかった平安時代。人々は戦《いくさ》や飢饉《ききん》のほかに疫病《えきびょう》の脅威《きょうい》にも脅《おびや》かされていました。陰陽師《おんみょうじ》や密教寺院《みっきょうじいん》の主要な仕事の一つに、病魔退散《びょうまたいさん》、疫病平癒《えきびょうへいゆ》の加持祈祷《かじきとう》がありました。

また「角大師《つのだいし》」との異名《いみょう》を持っている良源《りょうげん》には、このような話が伝わっています。

平安時代中期、日本各地に疫病《えきびょう》が広まり、多くの人が命を落としました。

このことに心を痛《いた》めた良源《りょうげん》は、病《やまい》に苦しむ民衆《みんしゅう》を救《すく》おうと御堂《おどう》にこもって祈祷《きとう》をおこなうことを決めました。

「わたしはこれより病魔退散《びょうまたいさん》の祈祷《きとう》に入る。その間、何があっても御堂《おどう》の扉《とびら》を開けてはならない。たとえわたしが開けてくれと頼《たの》んでも、わたし自身が自分で扉《とびら》を開けるまで、絶対《ぜったい》にだ」

このように弟子《でし》たちに申し付け、良源《りょうげん》は御堂《おどう》の扉《とびら》を閉めて加持祈祷《かじきとう》に入りました。

しかし一心不乱《いっしんふらん》に神仏《しんぶつ》に祈《いの》りを捧《ささ》げる良源《りょうげん》のもとに、祈祷《きとう》をやめさせたい疫病神《やくびょうがみ》が邪魔《じゃま》をしにやってきました。

「神仏《しんぶつ》に祈《いの》りを捧《ささ》げたところで、俺《おれ》たちを追《お》い払《はら》うことはできないぞ」

どうにかして良源《りょうげん》の決意をくじけさせようと、さまざまに誘惑《ゆうわく》して祈祷《きとう》をやめさせようとしてきます。

「そんな無駄《むだ》なことはやめたほうがいい」

「お前だって無事では済《す》まないぞ。俺《おれ》たちは坊主《ぼうず》だからといって恐《おそ》れたりしない」

「さあ、お前にも俺《おれ》の病《やまい》の息吹《いぶき》を与《あた》えてやろう。体の内側から腐《くさ》れ落ちるほどの苦しみにのたうち回れ」

それに屈《くっ》することなく病魔退散《びょうまたいさん》の祈《いの》りを終え、満願成就《まんがんじょうじゅ》の日を迎《むか》えた良源《りょうげん》は、祈《いの》り続けた神仏《しんぶつ》によって授《さず》かった法力《ほうりき》をもって、ついに疫病神《やくびょうがみ》を追《お》い払《はら》うことに成功したのです。

「おのれ、生意気《なまいき》なクソ坊主《ぼうず》め。ここで俺《おれ》を追《お》い払《はら》ったからといって、この世から疫病《えきびょう》がなくなるわけではない。俺《おれ》たちは人がいる限《かぎ》り、どこからでも生まれてくるのだからな！」

消える寸前《すんぜん》に捨《す》て台詞《ぜりふ》をはいた疫病神《やくびょうがみ》に向かって、良源《りょうげん》は仁王《におう》立《だ》ちになってこう言いました。

「ならば何度でも追い返してやろう。病《やまい》に苦しむ人々を救《すく》うために、わたしはこの身を夜叉《やしゃ》に堕《お》としても構《かま》わんのだ」

そうして御堂《おどう》の扉《とびら》を開き、大声で弟子《でし》たちを呼《よ》び集めました。

集まった弟子《でし》たちの前に立った良源《りょうげん》の姿《すがた》は、祈祷《きとう》をはじめる前とは似《に》ても似《に》つかぬものでした。

体は骨《ほね》が浮《う》き出るほどにガリガリに痩《や》せ細《ほそ》り、乾燥《かんそう》しきった肌《はだ》は真っ黒に、そして頭には二本のねじれた角《つの》が生《は》えており、その姿《すがた》はまさに疫病神《やくびょうがみ》そのものです。

異形《いぎょう》の姿《すがた》に変身した良源《りょうげん》は、恐《おそ》れおののく弟子《でし》たちに向かって

「さあ、わたしのこの姿《すがた》を描《か》き写《うつ》すのだ。できあがった絵姿《えすがた》を人々に分《わ》け与《あた》え、家の入り口や門松《かどまつ》の裏《うら》に貼《は》るように伝えよ。神仏《しんぶつ》の御力をもって病魔《びょうま》を祓《はら》い、家内に病魔《びょうま》が入り込《こ》まぬように、夜叉《やしゃ》となったわたしが睨《にら》みを効《き》かせようぞ」

と言いつけ、自分の姿《すがた》を何枚《なんまい》もの紙に描《か》き写《うつ》させました。

真っ黒な体にギョロッと見開かれた両目、大きな角《つの》を持ったその恐《おそ》ろしい絵姿《えすがた》は「角大師《つのだいし》」と呼《よ》ばれ、病魔《びょうま》避《よ》けの札《ふだ》として毎年正月に売り出されるようになりました。

今でも天台宗《てんだいしゅう》の一部寺院で手に入れることができますし、檀信徒《だんしんと》の方のお宅《たく》の玄関《げんかん》で目にすることができます。

◆角大師《つのだいし》（元三大師《がんざんだいし》・慈恵大師《じえだいし》・豆大師《まめだいし》など）

日本では、古くから疫病《えきびょう》、流行病《はやりやまい》（感染症《かんせんしょう》など）は、目に見えない怨霊《おんりょう》や悪神、悪鬼《あっき》によるものだと考えられていました。そして、こうした疫病《えきびょう》をもたらす悪神を疫病神《やくびょうがみ》（厄病神《やくびょうがみ》・疫神《えやみのかみ》など）と呼《よ》んで恐《おそ》れてきました。日本人の概念《がいねん》としては、「疫病《えきびょう》は神とも言えないほどの下級の悪霊《あくりょう》」（柳田国男《やなぎたくにお》『王禅寺《おうぜんじ》』）だと考えられてきたとの説があり、疫病神《やくびょうがみ》から逃《のが》れようとするための習俗《しゅうぞく》が各地域《ちいき》でおこなわれてきたようです。疫病神《やくびょうがみ》は主《おも》に表の通りに面した門や玄関《げんかん》から侵入《しんにゅう》するため、疫病《えきびょう》や悪疫《あくえき》が屋内《おくない》に入るのを防《ふせ》ぐためにさまざまな方策《ほうさく》がなされ、年中行事として現代《げんだい》に伝承《でんしょう》されているものも多数あります。

角大師《つのだいし》（良源《りょうげん》の変じた姿《すがた》を写《うつ》したものといわれる）のお札《ふだ》もその一つで、姿《すがた》を持たない疫病神《やくびょうがみ》に対して、その異様《いよう》な姿《すがた》と霊験《れいげん》により威嚇《いかく》して追《お》い払《はら》うという意味合いが見て取れます。

■静観《じょうかん》

増命《ぞうみょう》の名で知られ、円仁《えんにん》の弟子《でし》で第十代天台座主《てんだいざす》となり、僧正《そうじょう》となった人物です。仁和《にんな》四年（８８８年）、西塔院主《さいとういんしゅ》となって、西塔《さいとう》の再興《さいこう》に尽力《じんりょく》しました。菅原道真《すがわらのみちざね》の怨霊《おんりょう》の噂《うわさ》が広がる中、皇太子保明親王《こうたいしやすあきらしんのう》の急死に際しては、百日にわたる修法《しゅほう》をおこないました。その他《ほか》、唐《とう》から漂着《ひょうちゃく》した僧侶《そうりょ》の病《やまい》を祈祷《きとう》によって平癒《へいゆ》させるなど、多岐《たき》にわたり活躍《かつやく》しました。

雨を祈《いの》る法験《ほうげん》

今は昔、延喜《えんぎ》の御代《みよ》、長い間雨が降らずに日照《ひで》りが続いていました。醍醐天皇《だいごてんのう》は日照《ひで》りに苦しむ人民を助けようと六十人の高僧《こうそう》を招《まね》き、大般若経《だいはんにゃきょう》を読み上げる雨乞《あまご》いのための大法会《だいほうえ》をおこないました。

宮中《きゅうちゅう》に集められた僧《そう》たちは、護摩壇《ごまだん》から昇《のぼ》る黒煙《こくえん》がもくもくと空を覆《おお》うほどに祈《いの》りましたが、雨の降る徴候《ちょうこう》はいっこうにあらわれません。

変わらず空には太陽が容赦《ようしゃ》なく輝《かがや》き、大地も人も乾《かわ》きに苦しんでいます。

帝《みかど》をはじめとして、大臣《だいじん》・公卿《くぎょう》・百姓《ひゃくしょう》人民、みんながこの日照《ひで》りを嘆《なげ》き、口を開けば雨を求める言葉ばかりが出てきました。

帝《みかど》は静観《じょうかん》のもとに蔵人頭《くろうどのとう》を遣《つか》わし「主上《おかみ》が特に心配なさっていることがあります。『このように多くの高名な僧《そう》を招《まね》いて祈《いの》っているというのに、雨の一滴《いってき》すら落ちてくる気配《けはい》がない。次の法会《ほうえ》の際には、そなたは座《ざ》を離《はな》れて、他の者とは別に宮の壁《かべ》の側《そば》に立って祈《いの》るようにせよ』とおっしゃっております」と伝えました。

その頃《ころ》の静観《じょうかん》は「律師《りっし》」の官位であり、その上には僧都《そうず》、僧正《そうじょう》、上臈《じょうろう》たちがいましたが、それらの人々を差し置いて、自分が選ばれたことを名誉《めいよ》なことだと感じていました。

南殿《なんでん》の御階《みはし》を降り、壁《かべ》の側《そば》に北を向いて立ち、護摩《ごま》を焚《た》いた香炉《こうろ》を握《にぎ》りしめて額《ひたい》に押《お》し当て、見ている者の方が苦しくなるほど必死に祈りました。

酷暑《こくしょ》の中、外へ出ることも許《ゆる》されないような状態《じょうたい》で、涙《なみだ》を流し、護摩《ごま》を焚《た》きながら懸命《けんめい》に祈《いの》り続けていますと、香炉《こうろ》から立ち昇《のぼ》る煙《けむり》が空へとあがり、やがて扇《おうぎ》のような形の雲となりました。

公卿《くぎょう》たちは南殿《なんでん》で、殿上人《てんじょうびと》たちは宜陽殿《ぎようでん》で、その他の者たちも美福門《びふくもん》で、それぞれに空をあおいでいます。

人々が見ている間にも雲は大きくなり、ついにすき間なく空を覆《おお》ってしまいました。

静観《じょうかん》の祈《いの》りによって招《まね》かれた龍神《りゅうじん》が雲間に巨体《きょたい》をくねらせ、雷光《らいこう》があまねく世界に満《み》ち、車軸《しゃじく》の如《ごと》き雨がたちまち天下を潤《うるお》します。

この雨によって田畑の実《みの》りは約束《やくそく》され、木々は果実を結ぶことができました。

人々はみんな静観《じょうかん》を尊《とうと》び、敬《うやま》い従《したが》いました。

帝《みかど》、大臣《だいじん》、公卿《くぎょう》たちは大変に喜んで静観《じょうかん》に「僧都《そうず》」の官位を贈《おく》りました。

非常《ひじょう》に不思議《ふしぎ》な話として、このように記《しる》されています。

■大嶽《たいがく》の岩祈《いの》り失《うしな》うこと

静観僧正《じょうかんそうじょう》は比叡山《ひえいざん》の西塔《さいとう》、千手院《せんじゅいん》という場所に住んでいました。

そこは南向きで、北側から大嶽《たいがく》を守る場所でもありました。

大嶽《たいがく》の西北の急斜面《きゅうしゃめん》には、非常《ひじょう》に大きな岩がありました。

その大岩の様子は、まるで辺《あた》りを睨《にら》みつけた龍《りゅう》が大きな口を開けているようにも見えました。

大岩の筋向《すじむ》かいに住む僧侶《そうりょ》たちの中には、原因《げんいん》もわからず突然《とつぜん》命を落としてしまう者が何人もおり、千手院《せんじゅいん》でも「なぜこのように多くの僧《そう》が死んでしまうのか？」「いったい、どういうことなのか？」と噂《うわさ》になっていました。

やがては「きっとこの大岩があるせいに違《ちが》いない」「何かの祟《たた》りがあるのかも」「この岩が有害な毒を撒《は》き散《ち》らしているに違《ちが》いない」と思い至《いた》るようになり、そのことから大岩は「毒龍《どくりゅう》の巌《いわお》」と名付けられました。

大岩があるために訪《おとず》れる人もいなくなり、西塔《さいとう》はかつての勢いを失《うしな》って見るも無惨《むざん》な荒《あ》れ具合となっています。

静観僧正《じょうかんそうじょう》の住む千手院《せんじゅいん》でも、僧《そう》が何人も命を落としていましたので僧坊《そうぼう》には暗い雰囲気《ふんいき》が漂《ただよ》い、とても住みづらい環境《かんきょう》となっていたのです。

あらためて大岩を眺《なが》めてみれば、確《たし》かに邪《よこしま》な龍《りゅう》が大口を開けているように見えます。

「人々が噂《うわさ》するのも無理はない。見れば見るほど禍々《まがまが》しい姿《すがた》をしておるわ」

そう思った静観《じょうかん》は、この大岩を取《と》り除《のぞ》こうと考えて七日七夜の間、加持祈祷《かじきとう》を執《と》りおこなうことにしたのです。

静観《じょうかん》が加持祈祷《かじきとう》をはじめて七日目の夜半過ぎに突然《とつぜん》空がかき曇《くも》り、凄《すさ》まじい轟音《ごうおん》が響《ひび》いて周囲を震《ふる》わせます。

大嶽《たいがく》には真っ黒な雲がかかり、辺《あた》りは何も見えなくなってしまいました。

そのようなことがしばらく続いた後、ようやく空が晴れてきました。

夜が明けて静観《じょうかん》が大嶽《たいがく》を見てみると、そこにあったはずの「毒龍《どくりゅう》の巌《いわお》」は粉々《こなごな》に砕《くだ》けて消《き》え失《う》せていました。

それから後、西塔《さいとう》に再び人が移り住むようになりましたが、大岩の祟《たた》りが降りかかるようなことはありませんでした。

西塔《さいとう》の僧《そう》たちは、今に至《いた》るまで静観僧正《じょうかんそうじょう》を尊《とうと》び、拝《おが》み敬《うやま》っていると伝えられています。

■用語集

■大嶽《たいがく》

大比叡《おおひえ》。比叡山連峰《ひえいざんれんぽう》の主峰《しゅほう》で東側には天台宗《てんだいしゅう》の総本山延暦寺《そうほんざんえんりゃくじ》があります。

■西塔《さいとう》

比叡山《ひえいざん》の北西あたりに位置する場所で、今でも「西塔地区《さいとうちく》」と呼《よ》ばれています。

釈迦堂《しゃかどう》を中心とする区域《くいき》で、一般《いっぱん》の人たちが修行《しゅぎょう》体験をするための研修《けんしゅう》道場などがあります。

■僧侶《そうりょ》の官位

●真言宗高野山派《しんごんしゅうこうやさんは》（十六階級《かいきゅう》）

教師試補《きょうししほ》・権律師《ごんりっし》・律師《りっし》・大律師《だいりっし》・権少僧都《ごんのしょうそうず》・少僧都《しょうそうず》・権中僧都《ごんのちゅうそうず》・中僧都《ちゅうそうず》・権大僧都《ごんのだいそうず》・大僧都《だいそうず》・権少僧正《ごんのしょうそうじょう》・少僧正《しょうそうじょう》・
権中僧正《ごんのちゅうそうじょう》・中僧正《ちゅうそうじょう》・権大僧正《ごんのだいそうじょう》・大僧正《だいそうじょう》

宗派《しゅうは》によって階級が十五になったりします。

大元帥法《だいげんのほう》

「大元帥明王法《たいげんみょうおうほう》」または「大元帥御修法《だいげんみしゅほう》」とも呼《よ》ばれる呪法《じゅほう》で、そのあまりの強力さから、伝授《でんじゅ》を制限《せいげん》された五つの秘法《ひほう》のうちの一つです。

どれだけ厳《きび》しく制限《せいげん》されていたかといえば、長い間、天皇《てんのう》以外が執《と》りおこなうことを許《ゆる》されなかったほどで、臣下《しんか》にその修法《しゅほう》が伝えられることはありませんでした。

本尊《ほんぞん》は秘仏中《ひぶつちゅう》の秘仏《ひぶつ》と称《しょう》される「大元帥明王《だいげんみょうおう》」です。青い肌《はだ》に恐《おそ》ろしい形相《ぎょうそう》を浮《う》かべた明王《みょうおう》で、体にヘビを巻《ま》きつけ、邪鬼《じゃき》を強く踏《ふ》みつけています。

十八面三六臂《じゅうはちめんさんじゅうろっぴ》、六面八臂《ろくめんはっぴ》、三面八臂《さんめんはっぴ》、一面四臂《いちめんよんぴ》などの姿《すがた》で描《えが》かれますが、いずれも一目見たら忘《わす》れられない強《きょう》烈《れつ》なインパクトのある姿《すがた》です。

大元帥明王《だいげんみょうおう》はサンスクリット語で「アータヴァカ」といい、「林に住む者」という意味があります。

別名を「曠野鬼神《こうやきしん》」といい、読んで字のごとく、元々は子供《こども》を食い殺す悪鬼神《あっきしん》でしたが、仏教《ぶっきょう》に取り込《こ》まれて明王群《みょうおうぐん》に列《れつ》されるようになりました。

中国から日本へもたらされ、鎮護国家《ちんごこっか》、外敵調伏《がいてきちょうぶく》を目的として国土や国民を守るために拝《おが》まれます。

明治時代までは毎年正月に宮中《きゅうちゅう》でおこなわれていました。

ただし、例外として「国難《こくなん》の時」には臨時《りんじ》でこの修法《しゅほう》がおこなわれることもあったそうです。

平将門《たいらのまさかど》の乱《らん》の時には王城守護《おうじょうしゅご》の役目を担《にな》う東寺《とうじ》において、この「大元帥法《だいげんのほう》」が将門調伏《まさかどちょうぶく》を目的として執《と》りおこなわれました。

『平家物語《へいけものがたり》』によれば、平安時代中期の真言宗《しんごんしゅう》の僧侶《そうりょ》・泰舜《たいしゅん》が大元帥法《だいげんのほう》の経《きょう》を唱《とな》え終わった瞬間《しゅんかん》、藤原秀郷《ふじわらのひでさと》が放《はな》った矢《や》が将門《まさかど》の眉間《みけん》を貫《つらぬ》いたと言われています。

この大元帥法《だいげんのほう》については「息災《そくさい》、招福《しょうふく》この法《ほう》に比《ひ》するものなし。誰《だれ》が帰依《きえ》せざらんや」（人々の健《すこ》やかな生活や幸せを願うために、この修法《しゅほう》より優《すぐ》れているものは他にない。信じ願い信仰《しんこう》しない者など誰《だれ》もない）とも言われ、五大明王《ごだいみょうおう》をしのぐ威力《いりょく》を持ち、多くの修法《しゅほう》の中でも最も霊験《れいげん》あらたかなものであるとされています。

古くは元寇《げんこう》、近代では第二次世界大戦時に「外敵調伏《がいてきちょうぶく》」の国家的な修法《しゅほう》として執《と》りおこなわれました。

この大元帥法《だいげんのほう》は道場（加持祈祷《かじきとう》をおこなう場所）に六幅《ぶく》の姿絵本尊《すがたえほんぞん》を懸《か》け巡《めぐ》らし、大祭壇《だいさいだん》の上には法具《ほうぐ》として「棍棒《こんぼう》」「鉄杖《てつじょう》」「鉤《かぎ》」「弓一〇〇張《はり》」「太刀《たち》一〇〇振《ふり》」「矢《や》一〇〇本」などの多くの武器《ぶき》を並《なら》べるのが特徴《とくちょう》で、これは大元帥法《だいげんのほう》が兵乱《へいらん》や賊難《ぞくなん》の鎮圧《ちんあつ》を目的に執《と》りおこなわれることが多いことを示《しめ》しています。

現代《げんだい》に甦《よみがえ》る大元帥法《だいげんのほう》

前項《ぜんこう》でも、非常《ひじょう》に強力な修法《しゅほう》で安易《あんい》に執《と》りおこなわれるものではないと説明しましたが、実は令和の時代になってから、この「大元帥法《だいげんのほう》」が修《しゅう》されたことがあります。

令和四年（２０２２年）におこなわれた大元帥法大元帥大法《だいげんのほうだいげんだいほう》は明治初年以来、実に一五〇年ぶりに京都・醍醐《だいご》寺三宝院弥勒堂《じさんぼういんみろくどう》で座主《ざす》・三宝院門跡《さんぼういんもんぜき》が大阿闍梨《だいあじゃり》を務《つと》め、それに十四人の僧侶《そうりょ》が付《つ》き従《したが》いました。

宮中《きゅうちゅう》の真言院《しんごんいん》（現在《げんざい》は東寺《とうじ》）で毎年正月におこなわれる、真言宗《しんごんしゅう》各本山の代表の高僧《こうそう》たちによって国家安穏《あんのん》を祈《いの》る、「後七日御修法《ごしちにちみしゅほう》」と双璧《そうへき》をなす大法《たいほう》です。

大元帥大法《だいげんだいほう》は真言密教《しんごんみっきょう》の秘法《ひほう》である規則《きそく》や経典《きょうてん》、陀羅尼経《だらにきょう》などをよりどころとして、鎮護国家《ちんごこっか》のために修《しゅう》する最《さい》大秘法《だいひほう》です。

鏡《かがみ》を用《もち》いた修法《しゅほう》で、醍醐寺《だいごじ》に伝承《でんしょう》される国宝の「醍醐寺文書聖教《だいごじもんじょしょうぎょう》」によれば、その内容は「御撫物《みなでもの》」と記《しる》されているそうです。

これは「天子御願《てんしごがん》の御祈祷《ごきとう》には　箱に御衣《ぎょい》の単衣《ひとえ》を盛《も》り朱縄《しゅなわ》を以《もっ》て箱を結び　蔵人《くろうど》を勅使《ちょくし》として祈祷《きとう》の阿闍梨《あじゃり》に付属《ふぞく》し　結願《けつがん》の後《のち》　帝《みかど》これを身に召《め》させ給《たま》う　後七日御修法《ごしちにちみしゅほう》に於《お》ける御衣《ぎょい》の如《ごと》し　これを以《も》て玉體《ぎょくたい》に擬《ぎ》するなり」という説明の通り、天皇陛下《てんのうへいか》が執《と》りおこなう祈祷《きとう》の際《さい》には、箱に陛下《へいか》のお着物を入れ、それを朱縄《しゅなわ》で縛《しば》って祈祷《きとう》をおこなう阿闍梨《あじゃり》に手渡《てわた》します。

無事に修法《しゅほう》が終わったら陛下《へいか》にお着物をお渡《わた》しし、大元帥明王《たいげんみょうおう》の霊験《れいげん》のこもったお着物をお召《め》しになることで、陛下《へいか》をお守りする意味があるのです。

令和の大法《だいほう》では世界の平和を祈《いの》り、さらには次の世代へ祈《いの》りの姿《すがた》を継承《けいしょう》するという目的がありました。

残されていた記録は宮中南殿《きゅうちゅうなんでん》（紫宸殿《ししんでん》）を道場として執《と》りおこなわれた修法《しゅほう》のため、醍醐寺《だいごじ》でおこなわれたものとは多少の違《ちが》いがありますが、故事《こじ》に則《のっと》って忠実《ちゅうじつ》に再現《さいげん》されたそうです。

醍醐寺《だいごじ》が所蔵《しょぞう》する十八面三十六臂《じゅうはちめんさんじゅうろっぴ》の大元帥明王像《たいげんみょうおうぞう》（重要文化財《じゅうようぶんかざい》）を本尊《ほんぞん》とし、北東側を四臂太元帥尊《よんぴだいげんそん》、西隣《にしどな》りの中央に毘沙門天尊《びしゃもんてんそん》、北西側に釈迦曼荼羅《しゃかまんだら》、南東側に八臂太元帥尊《はっぴだいげんそん》、南西側に虚空蔵曼荼羅《こくうぞうまんだら》、合わせて六幅《ぷく》を懸《か》け巡《めぐ》らせます。

大壇《だいだん》、護摩壇《ごまだん》、聖天壇《しょうでんだん》、十二天壇《てんだん》、神供壇《じんくだん》の五種類の祭壇《さいだん》を道場の内外に組み、それぞれに連繋《れんけい》をもたせながら伴僧《ばんそう》と呼《よ》ばれる僧侶《そうりょ》たちとおこないます。

この修法《しゅほう》に使われた法具《ほうぐ》・道具類は三宝院行者堂《さんぼういんぎょうじゃどう》と光台院《こうだいいん》の蔵《くら》、霊宝館《れいほうかん》に収《おさ》められている法具《ほうぐ》と支度図《したくず》の図面を参考にして、新調されました。

◆御撫物《みなでもの》

身につける物（衣類や櫛《くし》、人形や鏡《かがみ》など）を加持《かじ》して、それを使って身体《からだ》を撫《な》で、霊験《れいげん》を現《あらわ》させる修法《しゅほう》。よく使われたのは衣類で「御衣加持《ぎょいかじ》」とも言われます。

空海《くうかい》　呪詛《じゅそ》と祟《たた》りと鎮魂《ちんこん》と

平安時代というと、煌《きら》びやかな貴族《きぞく》たちの生活と合わせて思い浮《う》かべるのが、さまざまな形をした「怨霊《おんりょう》」たちと、その怨霊《おんりょう》を生み出した「呪詛《じゅそ》」や「祟《たた》り」の存在《そんざい》です。

都中を我《わ》が物顔《ものがお》に暴《あば》れ回っていた「怨霊《おんりょう》」が、本格的に活動を開始したのは奈良時代の長屋王《ながやおう》の変《へん》あたりからだと言われます。

そして「呪詛《じゅそ》」や「祟《たた》り鎮《しず》め」の専門家《せんもんか》として活躍《かつやく》していた陰陽師《おんみょうじ》に代《か》わり、次第《しだい》に台頭《たいとう》していったのが空海《くうかい》を代表とする密教僧《みっきょうそう》たちです。

都を苦しめた「祟《たた》り」としてよく知られているのは、桓武天皇《かんむてんのう》の実弟《じってい》である皇太子《こうたいし》・早良親王《さわらしんのう》の怨霊《おんりょう》でしょう。

大伴家持《おおとものやかもち》を筆頭《ひっとう》とする大伴家《おおともけ》が起こした、長岡京遷都《ながおかきょうせんと》への責任者《せきにんしゃ》であった藤原種継《ふじわらのたねつぐ》の暗殺事件《あんさつじけん》に関わったとして、皇太子《こうたいし》であった早良親王《さわらしんのう》を廃嫡《はいちゃく》。桓武天皇《かんむてんのう》は自分の子である安殿親王《あてしんのう》（後《のち》の平城天皇《へいぜいてんのう》）を後継者《こうけいしゃ》とします。

皇太子《こうたいし》の身分を剥奪《はくだつ》された早良親王《さわらしんのう》は配流先《はいるさき》の淡路国《あわじのくに》（現在《げんざい》の兵庫県淡路島《ひょうごけんあわじしま》）へ向かう道すがら、飲食を絶《た》って無実を訴《うった》え続けました。


しかしその訴《うった》えが聞き入れられることはなく、河内国高瀬橋《かわちのくにたかせばし》（現在《げんざい》の大阪府守口市《おおさかふもりぐちし》の高瀬神社《たかせじんじゃ》付近）の地で兄である桓武天皇《かんむてんのう》を恨《うら》みながら憤死《ふんし》を遂《と》げています。

早良親王《さわらしんのう》の死後、桓武天皇《かんむてんのう》の周辺では次々と忌事《いみごと》が起こりはじめました。

延暦《えんりゃく》四年（785年）十一月には坂東諸国《ばんどうしょこく》に疫病《えきびょう》が発生、同年秋冬には天然痘《てんねんとう》が流行、極《きわ》めつけに延暦《えんりゃく》十一年（792年）六月と八月には、桂川《かつらがわ》や鴨川《かもがわ》で洪水《こうずい》が起こって、長岡京へ大きな被害《ひがい》をもたらしました。

桓武天皇《かんむてんのう》の第一皇子《おうじ》・安殿親王《あてしんのう》が病《やまい》を発症《はっしょう》、后《きさき》であった藤原旅子《ふじわらのたびこ》、藤原乙牟漏《ふじわらのおとむろ》が相次《あいつ》いで亡《な》くなります。

また、征夷大将軍《せいいたいしょうぐん》を務《つと》めた坂上田村麻呂《さかのうえのたむらまろ》の姉妹《しまい》である坂上又子《さかのうえのまたこ》、桓武天皇《かんむてんのう》と早良親王《さわらしんのう》の生母である高野新笠《たかののにいがさ》が病没《びょうぼつ》。

桓武天皇《かんむてんのう》は立て続けに起こる忌事《いみごと》は都を追われた早良親王《さわらしんのう》の祟《たた》りに違《ちが》いないと考え、淡路国《あわじのくに》にある早良親王《さわらしんのう》の墓《はか》に勅使《ちょくし》をつかわして、鎮魂《ちんこん》のために謝罪《しゃざい》をおこないました。

淡路国《あわじのくに》で埋葬《まいそう》されていた早良親王《さわらしんのう》に「崇道天皇《すどうてんのう》」の称号《しょうごう》を贈《おく》って奈良県の八島陵《やしまりょう》に改葬《かいそう》し、猛威《もうい》を奮《ふる》う祟《たた》りが治《おさ》まるようにと、都の御霊神社《ごりょうじんじゃ》に「祭神《さいしん》」として崇道天皇《すどうてんのう》を祀《まつ》るようにしたのです。

しかし祟《たた》りが治《おさ》まる気配《けはい》はなく、長岡京を棄《す》てて平安京に遷都《せんと》してからも桓武天皇《かんむてんのう》の周辺では忌事《いみごと》が起こり続けました。

早良親王《さわらしんのう》の祟《たた》りに翻弄《ほんろう》された桓武天皇崩御《かんむてんのうほうぎょ》の当日、後継者《こうけいしゃ》である安殿親王《あてしんのう》の寝殿《しんでん》上に血が降《ふ》り注《そそ》ぐという怪異《かいい》が発生しました。さらに、初七日には平安京の東・北・西の三方を囲む山々が燃《も》え上がり、舞《ま》い上がった煙煤《えんばい》で太陽が隠《かく》れるほどでした。

桓武天皇《かんむてんのう》の跡《あと》を継《つ》いで帝位《ていい》に就《つ》いた平城天皇《へいぜいてんのう》ですが、彼《かれ》の御代《みよ》でも天変地異《てんぺんちい》や疫病《えきびょう》の脅威《きょうい》は去《さ》らず、農民たちは生活することができずに土地を捨《す》てて逃《に》げ出《だ》し、耕作地《こうさくち》は荒《あ》れ果《は》ててしまいました。

父である桓武天皇《かんむてんのう》と同じように祟《たた》りに苦しめられた平城天皇《へいぜいてんのう》は体調を崩《くず》し、即位《そくい》からわずか三年で皇太弟《こうたいてい》の神野親王《かみのしんのう》（後《のち》の嵯峨天皇《さがてんのう》）に帝位《ていい》を譲《ゆず》って太上天皇《だいじょうてんのう》となり、都を去《さ》って平城京《へいじょうきょう》に住まいを移《うつ》しています。

この頃《ころ》、空海《くうかい》は唐《とう》から帰国して九州の太宰府《だざいふ》の地で幽閉《ゆうへい》の身となっていました。

唐《とう》への留学僧《りゅうがくそう》として仏教《ぶっきょう》を学んでいた空海《くうかい》ですが、二十年という契約《けいやく》の年数を待たずに帰国したために入京を認《みと》められずにいたのです。

即位《そくい》した嵯峨天皇《さがてんのう》は、大陸から持ち帰られた仏《ほとけ》の力にすがろうと空海《くうかい》を都へ呼《よ》び戻《もど》し、王城鎮護《おうじょうちんご》の主要拠点《しゅようきょてん》として東寺《とうじ》に空海《くうかい》を、西寺《さいじ》に守敏《しゅびん》を据《す》えて都を襲《おそ》う凶事《きょうじ》を鎮《しず》めようと考えました。

空海《くうかい》自身もまた、怨霊《おんりょう》と深い縁《えん》を持った人物です。

嵯峨天皇《さがてんのう》、淳和天皇《じゅんなてんのう》の異母兄弟《いぼきょうだい》である伊予親王《いよしんのう》とその母である藤原吉子《ふじわらのきっし》の怨霊《おんりょう》がそれです。

早良親王《さわらしんのう》の時と同じく、皇位継承問題《こういけいしょうもんだい》にからむ陰謀《いんぼう》に巻《ま》き込《こ》まれて、無実であるにもかかわらず罪《つみ》を着せられた伊予親王《いよしんのう》は、吉子《きっし》といっしょに毒《どく》を飲んで無念の死を遂《と》げました。

後《のち》にこの事件は平城天皇《へいぜいてんのう》の寵愛《ちょうあい》を受けていた尚侍《たかしのかみ》・藤原薬子《ふじわらのくすこ》が黒幕《くろまく》であることが判明《はんめい》しました。

伊予親王《いよしんのう》の教育係だった阿刀大足《あとのおおたり》は空海《くうかい》の母方の叔父《おじ》にあたります。唐《とう》から帰国した空海《くうかい》がなかなか京に戻《もど》ることを許《ゆる》されなかったのは、空海《くうかい》の持ち帰った密教《みっきょう》の知識《ちしき》や技術《ぎじゅつ》によって伊予親王《いよしんのう》が力をつけることを、そして「密教《みっきょう》」という未知の宗教《しゅうきょう》による怪《あや》しい呪法《じゅほう》が自分たちに不利益《ふりえき》をもたらすことを薬子《くすこ》が恐《おそ》れたためだ、とする説もあります。

無念を抱《かか》えた伊予親王《いよしんのう》の怨念《おんねん》は凄《すさ》まじく、実質的に親王《しんのう》を死に追《お》い込《こ》んだ張本人《ちょうほんにん》である平城天皇《へいぜいてんのう》は酷《ひど》く苦しめられたと言います。

『日本後紀《にほんこうき》』によればこの頃《ころ》の日本は、各地で異常寒波《いじょうかんぱ》や風水害、農作物の不作による飢饉《ききん》、疫病《えきびょう》の流行とあらゆる天変地異《てんぺんちい》が頻発《ひんぱつ》していたことが記録されています。

このことも平城天皇《へいぜいてんのう》がわずか三年で帝位《ていい》を退《しりぞ》いた原因《げんいん》の一つです。

嵯峨天皇《さがてんのう》は即位《そくい》後間もなく伊予親王親子《いよしんのうおやこ》の成仏《じょうぶつ》を願って、空海《くうかい》に法会《ほうえ》をおこなうように要請《ようせい》しています。

話を受けた空海《くうかい》は白檀《びゃくだん》などの香木《こうぼく》を使って最高級の仏像《ぶつぞう》を作成し、曼荼羅《まんだら》を掲《かか》げて護摩壇《ごまだん》を組み、恨《うら》みに固まる亡魂《ぼうこん》を浄土《じょうど》へ導《みちび》くための加持祈祷《かじきとう》をおこないました。

この時、平安京西郊《さいこう》の高雄山寺《たかおさんじ》にこもっていた空海《くうかい》は三十七歳《さい》、まだ世間には名前の知られていない無名の僧侶《そうりょ》でした。

空海《くうかい》のおこなった法会《ほうえ》は一応《いちおう》の成功《せいこう》を収《おさ》め、これによって彼《かれ》の名声は高まり、地位を得《え》ていきました。

しかし伊予親王《いよしんのう》の抱《いだ》いた恨《うら》みは想像《そうぞう》以上に深く、それから十七年後にも鎮魂成仏《ちんこんじょうぶつ》のための法会《ほうえ》が営《いとな》まれています。

最恐伝説《さいきょうでんせつ》　平将門《たいらのまさかど》

東京大手町、ビジネス街の一角にある「首塚《くびづか》」。

日本で最も恐《おそ》れられている「三大怨霊《さんだいおんりょう》」の一人《ひとり》、平将門《たいらのまさかど》の首が祀《まつ》られている場所です。

天慶《てんぎょう》二年（939年）、自《みずか》らを「新皇《しんのう》」と称《しょう》して、重税《じゅうぜい》に苦しむ民衆《みんしゅう》を解放しようと決起した将門《まさかど》に対し、時の帝《みかど》であった朱雀天皇《すざくてんのう》より「朝敵討《ちょうてきう》つべし」の将門調伏密勅《まさかどちょうぶくみっちょく》が下《くだ》されました。

この密勅《みっちょく》により、伊勢神宮《いせじんぐう》を筆頭《ひっとう》とする大神社、延暦寺《えんりゃくじ》を代表する密教寺院《みっきょうじいん》が一斉《いっせい》に将門《まさかど》を調伏《ちょうぶく》するための呪詛《じゅそ》をおこなうという異例《いれい》の事態《じたい》に発展《はってん》しました。

朱雀天皇《すざくてんのう》からの密勅《みっちょく》を受けた真言宗《しんごんしゅう》の寛朝僧正《かんちょうそうじょう》は、京都高雄山《たかおさん》の神護寺護摩堂《じんごじごまどう》に安置されていた不動明王像《ふどうみょうおうぞう》を持ち出し、難波津《なにわづ》（現在《げんざい》の大阪湾《おおさかわん》）から船に乗り、海路で東国《とうごく》（関東）に向かいました。

九十九里の尾垂ヶ浜《おだれがはま》に上陸した寛朝僧正《かんちょうそうじょう》は、そこから陸路で公津ヶ原《こうづがはら》（現在《げんざい》の成田市《なりたし》）にたどり着き、この地に不動明王像《ふどうみょうおうぞう》を安置して将門調伏《まさかどちょうぶく》のための加持祈祷《かじきとう》をおこなうことに決めたのです。

不動明王像《ふどうみょうおうぞう》の前に祭壇《さいだん》を築《きず》き、囂々《ごうごう》と燃《も》え盛《さ》る護摩壇《ごまだん》の炎《ほのお》の中に供物《くもつ》を捧《ささ》げ、一心不乱《いっしんふらん》に祈《いの》り続けました。

儀式《ぎしき》に要した日数は実に二十一日間にも及《およ》んだのです。

やがて迎《むか》えた満願《まんがん》の日。

その日は朝から強い北風が吹《ふ》き荒《あ》れ、大人《おとな》でも立っているのがやっとの状態《じょうたい》でした。

将門軍《まさかどぐん》は風上に陣取《じんど》っていたため、強風を味方に付けることで非常《ひじょう》に有利に戦《いくさ》を進めていました。

対する討伐軍《とうばつぐん》は風下に陣取《じんど》っていたため、吹《ふ》き付ける砂《すな》ぼこりで目も開けられず、放《はな》った矢《や》は風に押《お》し返されてしまうという有様で、誰《だれ》の目にも敗戦は時間の問題に見えました。

このまま将門軍《まさかどぐん》が勝利するかと思われたその時です。

公津ヶ原《こうづがはら》の地で祈《いの》り続けている寛朝僧正《かんちょうそうじょう》の目の前で護摩壇《ごまだん》の炎《ほのお》がひときわ大きく燃《も》え上がり、炎《ほのお》の中に将門《まさかど》の姿《すがた》が浮《う》かび上《あ》がりました。

と同時に戦場に吹《ふ》き荒《あ》れていた北風が急に向きを変え、将門軍《まさかどぐん》に向かって吹《ふ》きはじめました。

これを好機とばかりに、討伐軍《とうばつぐん》は勢《いきお》いを盛《も》り返し将門軍《まさかどぐん》に攻《せ》め入ります。

敵陣《てきじん》に向かって放《はな》たれた矢《や》のうちの一本が風に乗り、吸《す》い込《こ》まれるように将門《まさかど》の額《ひたい》に命中、その命を奪《うば》いました。

総大将《そうだいしょう》を失《うしな》った将門軍《まさかどぐん》は統率《とうそつ》をなくして敗走、討伐軍《とうばつぐん》は勝利を収《おさ》めることができたのです。

将門《まさかど》戦死の報《ほう》を聞いた朝廷《ちょうてい》は、突然《とつぜん》の風向きの変化を祈祷《きとう》による「神風」、将門《まさかど》を討《う》った矢《や》を「不動明王《ふどうみょうおう》の霊験《れいげん》」として大いに喜びました。

将門調伏《まさかどちょうぶく》を終えた寛朝僧正《かんちょうそうじょう》は不動明王像《ふどうみょうおうぞう》を抱《かか》えて京へ帰ろうとしますが、不思議《ふしぎ》なことに像《ぞう》はどんなに力を込《こ》めても動くことはなく、公津ヶ原《こうづがはら》の地から離《はな》れられずにいました。

そうこうしているうちに、寛朝僧正《かんちょうそうじょう》の夢枕《ゆめまくら》に不動明王《ふどうみょうおう》が現《あらわ》れ「この地に留《とど》まって人々を救《すく》うために尽力《じんりょく》せよ」とのお告《つ》げを受けました。

寛朝僧正《かんちょうそうじょう》はお告《つ》げの通りに公津ヶ原《こうづがはら》の地に留《とど》まり、寺を建《た》てて不動明王像《ふどうみょうおうぞう》を本尊《ほんぞん》として祀《まつ》りました。

この寺が現在《げんざい》も残る成田山新勝寺《なりたさんしんしょうじ》です。

また、将門調伏《まさかどちょうぶく》に参加した神社仏閣《じんじゃぶっかく》にも同様の伝承《でんしょう》が残されています。

宇佐神宮《うさじんぐう》には「八幡神《はちまんじん》の化身《けしん》である老人が放《はな》った矢《や》が将門《まさかど》を討《う》った」、延暦寺《えんりゃくじ》には「座主《ざす》の尊意《そんい》が不動安鎮法《ふどうあんちんほう》を修《しゅう》すると炎《ほのお》の中に将門《まさかど》の姿《すがた》が浮《う》かび上《あ》がり、それを見て討伐軍《とうばつぐん》の勝利を確信《かくしん》した」などです。

このようにして「日本中の神社仏閣《じんじゃぶっかく》からの呪詛《じゅそ》を受けた」将門《まさかど》ですが、朝廷《ちょうてい》との再戦《さいせん》を望んで体を手に入れるため、処刑《しょけい》された首だけが飛び去《さ》ったという話はあまりにも有名です。

郷里《きょうり》を目指した将門《まさかど》の首は、結局、途中《とちゅう》で力尽《ちからつ》きて落ちてしまいます。

その地に「首塚《くびづか》」が築《きず》かれ、朝廷《ちょうてい》を恐怖《きょうふ》に陥《おとしい》れた大怨霊《だいおんりょう》・将門《まさかど》は今では神田明神《かんだみょうじん》の祭神《さいじん》として「東京鎮護《とうきょうちんご》」の要《かなめ》となっています。

戦《いくさ》に明け暮《く》れた坂東武者《ばんどうむしゃ》の魂《たましい》は、彼《かれ》を愛する人々の手で大切に守られ、清浄《せいじょう》な空気の流れる場所で安らかに眠《ねむ》っています。

この荒《あら》ぶる魂《たましい》が目覚《めざ》め、再《ふたた》び恨《うら》みの念を呑《の》んだ大怨霊《だいおんりょう》として動き出すことのないよう願うばかりです。

ルーズベルト大統領《だいとうりょう》と呪詛《じゅそ》の噂《うわさ》

第二次世界大戦のただ中、当時のアメリカ合衆国大統領《がっしゅうこくだいとうりょう》であったフランクリン・ルーズベルトが急死しました。

昭和二十年（１９４５年）四月十二日のことです。

アメリカ政府《せいふ》が公式に発表した内容は「大統領《だいとうりょう》の死因《しいん》は脳卒中《のうそっちゅう》である」というものでしたが、今なお、その死《し》因《いん》に異《い》を唱《とな》える人たちがいます。

「ルーズベルト大統領《だいとうりょう》は日本による呪詛《じゅそ》で呪《のろ》い殺されたのだ」という噂《うわさ》がまことしやかに囁《ささや》かれているのです。

これはなんの根拠《こんきょ》もない話ではなく、昭和十七年（１９４２年）の一月に氷川神社《ひかわじんじゃ》や三嶋大社《みしまたいしゃ》などの全国一宮《いちのみや》のうちの七社が「敵国降伏祈願祭《てきこくこうふくきがんさい》」を執《と》りおこなっているという事実があります。

さらに昭和十九年（１９４４年）八月には政府《せいふ》から全国の神官に対して「敵《てき》の撃滅《げきめつ》を祈願《きがん》すべし」という命令が下されました。

終戦間近の昭和二十年（１９４５年）、戦況《せんきょう》が悪化すると、日本政府《せいふ》は起死回生を狙って極秘裏《ごくひり》にとある計画を進めていきました。

それが呪詛《じゅそ》による第三十二代アメリカ合衆国大統領《がっしゅうこくだいとうりょう》フランクリン・ルーズベルトの暗殺です。

この作戦についての詳細《しょうさい》な記録は公式には残されていませんが、日本政府《せいふ》は全国の密教系《みっきょうけい》の僧侶《そうりょ》を動員して怨《おん》敵調伏《てきちょうぶく》のための祈祷《きとう》を繰《く》り返したと、人々の口から口へと伝えられています。

この調伏《ちょうぶく》の修法《しゅほう》がおこなわれたのは、昭和二十年（１９４５年）の一月半《なか》ば頃《ごろ》からというのが有力な説です。

実際《じっさい》に記録に残っている情報によりますと、昭和十九年（１９４４年）八月二十八日に内務大臣《ないむだいじん》の名前で全国の神社に命令が発せられています。

「神明奉仕《しんめいほうし》の職《しょく》にあたる者いよいよ職務《しょくむ》に奮励《ふんれい》し、驕敵《きょうてき》（おごりたかぶる敵《てき》）の一挙撃滅《いっきょげきめつ》を訴願《そがん》すべし」というものでした。

当時の新聞には内務大臣《ないむだいじん》の命令を受けた大日本神祇会《だいにほんじんぎかい》が「全国の祈祷《きとう》を実効《じっこう》あらしめるため各神社で祈願《きがん》する時刻《じこく》を『早暁《そうぎょう》』または『夜間』に厳格《げんかく》に身を清《きよ》めて神職《しんしょく》を指導者《しどうしゃ》として会を挙行《きょこう》し敵《てき》が全滅《ぜんめつ》する日まで毎日繰《く》り広《ひろ》げること」を決定しています。

また祈祷《きとう》の際《さい》には太鼓《たいこ》を打ち鳴らし、一般《いっぱん》の参加者を積極的に受け入れるようにと指導《しどう》しています。

九月三日には靖国神社大鳥居《やすくにじんじゃおおとりい》で奉告祭《ほうこくさい》が、九月二十三日には基督教団《キリストきょうだん》の東京支教区主催《しゅさい》で必勝祈願大祈祷会《ひっしょうきがんだいきとうかい》がおこなわれました。

このようにして仏教界《ぶっきょうかい》、神道界《しんとうかい》、基督教界《キリストきょうかい》が一つになって敵国調伏《てきこくちょうぶく》のために呪詛《じゅそ》を執《と》りおこなったというのです。

この調伏法《ちょうぶくほう》については、熱田神宮《あつたじんぐう》にまつわる興味《きょうみ》深い話が伝わっています。

熱田神宮《あつたじんぐう》といえば三種《さんしゅ》の神器《じんぎ》の一つである「草薙の剣《くさなぎのつるぎ》」が御霊代《みたましろ》として祀《まつ》られていることで有名です。

この「草薙の剣《くさなぎのつるぎ》」は実物を目にしてはならないという言い伝えがあり、天皇陛下《てんのうへいか》でさえもその実物を目にすることはできないと言います。

「草薙の剣《くさなぎのつるぎ》の封印《ふういん》を解《と》いて祈願《きがん》がおこなわれたが、宮司《ぐうじ》が祝詞《のりと》を上げはじめると剣《つるぎ》が唸《うな》り声《ごえ》のような音を発して動きはじめ、権禰宜《ごんねぎ》がたまらず御神体《ごしんたい》に触《ふ》れると一瞬《いっしゅん》にして燃え上がり、そのまま灰《はい》になってしまった」

「それより三か月半後に同じ儀式《ぎしき》をおこなうように要請《ようせい》があったが、さすがにそれを拒《こば》み続け、そのまま敗戦を迎《むか》えた」

これは日本の不利な戦況《せんきょう》をひっくり返すために熱田神宮《あつたじんぐう》において「草薙の剣《くさなぎのつるぎ》」の力を借りようとしましたが、御神体《ごしんたい》自身がそれを拒《こば》んだというものです。

もちろん、ルーズベルト大統領《だいとうりょう》の死因《しいん》が日本側の呪詛《じゅそ》であったという証拠《しょうこ》はありません。

呪詛《じゅそ》とは、まさにそういうものだからです。

しかし「ルーズベルト大統領《だいとうりょう》の死=呪詛《じゅそ》による呪殺《じゅさつ》」という方式ができ上がってしまうくらい、日本国内でおこなわれた必勝祈願《ひっしょうきがん》、敵国調伏《てきこくちょうぶく》の修法《しゅほう》は特異《とくい》なものだったと言えるでしょう。

加持祈祷《かじきとう》について

辞書によると「加持祈祷《かじきとう》」とは、願望が叶《かな》えられるために神仏《しんぶつ》に対して祈《いの》る呪術的《じゅじゅつてき》な作法《さほう》だとされています。もともとは「加持《かじ》」と「祈祷《きとう》」は別の意味を持つものとして区別されていましたが、現在《げんざい》では一般的《いっぱんてき》に同じものとして扱《あつか》われるようになりました。

平安時代中期から毎年お正月になると、国の安寧《あんねい》を祈《いの》って「後七日御修法《ごしちにちみしゅほう》」と呼《よ》ばれる法会《ほうえ》がおこなわれます。これは東寺《とうじ》の最高位である東寺長者《とうじちょうじゃ》が加持香水《かじこうすい》を天皇《てんのう》に注《そそ》ぎかけて祈念《きねん》するというものです。また旱魃《かんばつ》や洪水《こうずい》、天変地異《てんぺんちい》や病気《びょうき》、戦いなどに際《さい》して、さまざまな形で加持祈祷《かじきとう》はおこなわれてきました。

ほんの一部になりますが、どのようなものがあるのか紹介《しょうかい》していきたいと思います。

◆加持《かじ》

密教《みっきょう》において「加持《かじ》」とは神仏《しんぶつ》の加護《かご》を得《え》ること、という意味を持ちます。

この世のすべての人々を苦しみから救《すく》おうとする神仏《しんぶつ》・菩薩《ぼさつ》の慈悲《じひ》の心（大悲《だいひ》の力《ちから》）が加《くわ》えられ、それを人々が持つことによって護《まも》られることです。

◆祈祷《きとう》

神仏《しんぶつ》の加護《かご》を得《え》るために拝《おが》み祈《いの》ることです。

読経《どっきょう》や護摩行《ごまぎょう》、修法《しゅほう》などさまざまな形があります。

◆土砂加持《どしゃかじ》

真言《しんごん》を唱《とな》えて修法《しゅほう》をおこない、仏《ほとけ》の力を宿《やど》した土砂を建物の周囲にまくことで病気や災難《さいなん》を避《さ》けることができるとされています。

また死者のためにこの土砂を使用すれば、罪《つみ》や穢《けが》れが浄化《じょうか》され、死後極楽浄土《ごくらくじょうど》へ行くことができると言われます。

◆腹帯加持《はらおびかじ》

妊婦《にんぷ》が使用する腹帯《はらおび》に加持《かじ》することで、安産《あんざん》を祈願《きがん》するものです。

腹帯《はらおび》に本尊《ほんぞん》の守護《しゅご》の力が宿《やど》り、災難《さいなん》を防《ふせ》いで母子ともに健康に過ごせると考えられています。

◆刀加持《かたなかじ》

刀を不動明王《ふどうみょうおう》の持つ「降魔《ごうま》の利剣《りけん》」に見立てて魔除《まよ》けとするための加持《かじ》です。

自身に害意を持って近づくものを祓《はら》う力を持っていると言われます。

また刀に限《かぎ》らず武器全般《ぶきぜんぱん》に対する加持《かじ》も刀加持《かたなかじ》と呼《よ》ばれるそうです。

◆牛黄加持《ごおうかじ》

「牛王加持《ごおうかじ》」とも書き表し、安産《あんざん》を願っておこなわれる加持《かじ》です。

◆虫加持《むしかじ》

昆虫《こんちゅう》の「虫」を指《さ》すのではなく、これは乳幼児《にゅうようじ》の夜泣きや体調不良、癇癪《かんしゃく》の原因《げんいん》であると考えられてきた「疳《かん》の虫《むし》」を封《ふう》じるための加持《かじ》です。

子供《こども》が元気で過ごせるようにとおこなわれる加持《かじ》で、今でも多くの寺でおこなわれています。

◆病人加持《びょうにんかじ》

病《やまい》に苦しむ人に対して治療《ちりょう》や癒《いや》しを与《あた》え、時にはさまざまな症状《しょうじょう》の発見のためにおこなわれる加持《かじ》です。

平安時代の貴族《きぞく》たちは医者の診療《しんりょう》と投薬、そして修験者《しゅげんじゃ》や陰陽師《おんみょうじ》、密教僧《みっきょうそう》による加持《かじ》によって病気を治《なお》すことが普通《ふつう》だったといいます。

◆加持水《かじみず》

空海《くうかい》の伝説には水にまつわる話が多く出てきます。

伝承《でんしょう》によれば、日本各地で空海《くうかい》に由来《ゆらい》するといわれる水場は一五〇〇近くにもなるそうです。

その中でも「関東三大厄除大師《かんとうさんだいやくよけだいし》」として有名な西新井大師《にしあらいだいし》には「加持水《かじみず》の井戸《いど》」と呼《よ》ばれる井戸《いど》があります。

平安時代、不作と疫病《えきびょう》で多くの人が苦しむ中、十一面観音《かんのん》のお告《つ》げを聞いてやってきた空海《くうかい》は、人々を助けるために十一面観音像《かんのんぞう》と自分の像《ぞう》を彫《ほ》り上げ、二十一日間の祈願《きがん》をおこないます。

満願《まんがん》の日、枯《か》れていた井戸《いど》からこんこんと清水《しみず》が湧《わ》き出し、これを飲んだ人々の病《やまい》を治《なお》していきました。

この井戸《いど》がお堂の西側にあったことから、現在《げんざい》の地名「西新井」の由来《ゆらい》になったのです。

高野山《こうやさん》

空海《くうかい》が開いた修行《しゅぎょう》の場として有名な高野山《こうやさん》ですが、正確には「高野山《こうやさん》」という名称《めいしょう》の山は存在《そんざい》しません。現在《げんざい》の和歌山県伊都郡高野町にある地域《ちいき》の名称《めいしょう》で、八葉《はちよう》の峰《みね》と呼《よ》ばれる今来峰《いまきみね》・宝珠山《ほうしゅやま》・鉢伏山《はちぶせやま》・弁天岳《べんてんだけ》・姑射山《こやさん》・転軸山《てんじくさん》・楊柳山《ようりゅうさん》・摩尼山《まにさん》に囲まれた盆地状《ぼんちじょう》の平地です。

八つの峰《みね》に囲まれた地形から「蓮《はす》の花《はな》が開いたような」と称《しょう》されています。「一山境内地《いっさんけいだいち》」と言われ、高野山《こうやさん》全体が寺の境内《けいだい》として登録されており、境内《けいだい》の内側に町があり発展《はってん》してきました。山内は複数《ふくすう》の地域《ちいき》に区分されていますが、その中の大門地区《だいもんちく》、伽藍地区《がらんちく》、本山地区《ほんざんちく》、奥院地区《おくのいんちく》、徳川家霊台地区《とくがわけれいだいちく》、金剛三昧院地区《こんごうさんまいいんちく》の六地区が世界遺産《せかいいさん》の構成要素《こうせいようそ》となっています。高野山《こうやさん》は弘仁《こうにん》七年（８１６年）に嵯峨天皇《さがてんのう》より空海《くうかい》に下賜《かし》された場所ですが、そもそもは空海《くうかい》から「ここに密教《みっきょう》の根本道場《こんぽんどうじょう》をつくりたい」と願い出てのことでした。留学僧《りゅうがくそう》として唐《とう》に渡《わた》った空海《くうかい》が、帰国を決意した際《さい》に「密教《みっきょう》を広めるためにふさわしい地はどこだ」と願いを込《こ》めて投げた三鈷杵《さんこしょ》が高野山《こうやさん》にあることを発見し、天皇《てんのう》に願い出て許《ゆる》されたのでした。ここでは高野山《こうやさん》の主要な施設《しせつ》、また高野山《こうやさん》に伝わる七不思議《ななふしぎ》を紹介《しょうかい》したいと思います。

■主要施設《しせつ》

◆大門

高さ二十五・一メートルの二階二層《そう》門で、西方極楽浄土《さいほうごくらくじょうど》の方角に建《た》てられています。左右を守る金剛力士像《こんごうりきしぞう》は東大寺南大門《とうだいじなんだいもん》の金剛力士像《こんごうりきしぞう》に次《つ》ぐ、日本で二番目に大きな像《ぞう》だとされています。

◆壇上伽藍《だんじょうがらん》 金堂《こんどう》（総本堂《そうほんどう》）

一般的《いっぱんてき》な寺でいうところの「本堂」にあたる地区です。国の史跡《しせき》であり、世界遺産《せかいいさん》にも登録されています。奥《おく》之院《のいん》とともに高野山《こうやさん》の二大聖地《せいち》とされていて、金堂《こんどう》は高野山《こうやさん》での主《おも》な宗教儀式《しゅうきょうぎしき》を執《と》りおこなう重要な施設《しせつ》となっています。また、空海《くうかい》が唐《とう》の国から投げた三鈷杵《さんこしょ》がかかっていたとされる「三鈷《さんこ》の松《まつ》」も、この伽藍地区《がらんちく》にあります。

◆奥之院《おくのいん》

御廟橋《ごびょうばし》を渡《わた》った先には燈籠堂《とうろうどう》、そして空海《くうかい》の眠《ねむ》る御廟《ごびょう》が存在《そんざい》しています。また同時に高野山《こうやさん》の有する墓域《ぼいき》でもあり、二〇万基《き》以上の墓《はか》があると言われています。その中には皇室《こうしつ》や公家《くげ》、大名などの墓《はか》もあり、敵味方《てきみかた》の区別なく、また宗派《しゅうは》の壁《かべ》も超《こ》えて祀《まつ》られており、そこには法然《ほうねん》や親鸞《しんらん》の名前の刻《きざ》まれた墓碑《ぼひ》も存在《そんざい》します。佐竹義重《さたけよししげ》霊屋《たまや》、松平秀康及《まつだいらひでやすおよ》び同母子霊屋《どうぼしたまや》、上杉謙信霊屋《うえすぎけんしんたまや》など国の重要文化財《じゅうようぶんかざい》に指定されている建造物《けんぞうぶつ》をはじめ、平敦盛《たいらのあつもり》、織田信長《おだのぶなが》、明智光秀《あけちみつひで》、赤穂四十七士《あこうしじゅうしちし》などの墓《はか》もあり、歴史好きには一見の価値があるでしょう。

太平洋戦争で命を落とした戦没者《せんぼつしゃ》の慰霊碑《いれいひ》・供養塔《くようとう》、関東大震災《だいしんさい》・阪神淡路大震災《はんしんあわじだいしんさい》・東日本大震災《だいしんさい》などの大規《だいき》模《ぼ》な自然災害《しぜんさいがい》の犠牲《ぎせい》となった方々、ヤクルトや日産などさまざまな企業《きぎょう》による従業員《じゅうぎょういん》のための慰霊碑《いれいひ》や供養碑《くようひ》もあり、訪《おとず》れる人が絶《た》えません。

● 一の橋

大殿川《おどがわ》にかかる橋です。高野山《こうやさん》でも特別に清浄《せいじょう》な地である奥之院《おくのいん》へ向かう入口でもあるため、僧侶《そうりょ》は橋のたもとで三回礼拝《れいはい》をおこなってから橋を渡《わた》ります。

●**中の橋**

中間地点に位置する金の川にかかる橋で、正式名称《めいしょう》は「手水橋《ちょうずばし》」と言います。この名前はこの場所がかつて禊《みそぎ》の場《ば》であったことを意味しています。橋を渡《わた》ると「汗《あせ》かき地蔵堂《じぞうどう》」と呼《よ》ばれる地蔵《じぞう》が姿《すがた》を現《あらわ》します。汗《あせ》かき地蔵《じぞう》は、人々の罪《つみ》を一身に背負《せお》って身代《みが》わりとなり、地獄《じごく》の業火《ごうか》を受けているために汗《あせ》をかいていると伝わっています。午前十時頃《ごろ》によく見られる現象《げんしょう》だと言い、地蔵《じぞう》の表面に水滴《すいてき》がついたり、よだれ掛《か》けが湿《しめ》って、まるで汗《あせ》をかいているように見えることからこの名前が付けられました。

●**御廟橋《ごびょうばし》**

玉川《たまがわ》にかかる橋で「無明橋《むみょうばし》」と呼《よ》ばれることもあります。この川は特に神聖視《しんせいし》されていて、川に浸《つ》かりながら渡《わた》ることで手足を清《きよ》められるとされ、天治元年《てんじがんねん》（１１２４年）に鳥羽上皇《とばじょうこう》が参詣《さんけい》した際《さい》には橋がかかっていましたが、わざわざ川に降《お》りて脚《あし》をすすいだと伝わっています。

●**水向地蔵《みずたむけじぞう》**

御廟橋《ごびょうばし》手前にあり、玉川《たまがわ》を背《せ》に立つ十五尊《そん》の地蔵《じぞう》です。

●**奥之院護摩堂《おくのいんごまどう》**

不動明王《ふどうみょうおう》、毘沙門天《びしゃもんてん》、大師像《たいしぞう》を祀《まつ》っています。

●**御供所《ごくしょ》**

御廟《ごびょう》に祀《まつ》られた空海《くうかい》への食事や供《そな》え物《もの》を準備《じゅんび》・調理する場所です。寺務所《じむしょ》も兼用《けんよう》しており、経木《きょうぼく》を求めたり、納経《のうきょう》をお願いしたり、お守りなどを授与《じゅよ》したりと大忙《おおいそが》しです。食事だけではなく、常《つね》に空海《くうかい》が快適《かいてき》に過ごせるように気《き》を配《くば》り、夏には虫除《むしよ》けや団扇《うちわ》、冬には火鉢《ひばち》が供《そな》えられることもあるといいます。

● **燈籠堂《とうろうどう》**

全国から奉納《ほうのう》された灯籠《とうろう》が所狭《せま》しと飾《かざ》られ、その灯《あか》りによって照《て》らされた堂内《どうない》は神秘的《しんぴてき》な雰囲気《ふんいき》を醸《かも》し出しています。祈親上人《きしんしょうにん》が奉納《ほうのう》した「持経灯《じきょうとう》（祈親灯《きしんとう》）」と白河上皇《しらかわじょうこう》が奉納《ほうのう》した「白河灯《しらかわとう》」は「消えずの火」と呼《よ》ばれ、一〇〇〇年近く燃《も》え続《つづ》けています。燈籠堂《とうろうどう》の裏側《うらがわ》中央には御廟《ごびょう》を参拝《さんぱい》する場所が設《もう》けられていて、参詣《さんけい》したすべての人々はこの場所で祈《いの》りを捧《ささ》げて読経《どっきょう》します。

● **弘法大師御廟《こうぼうだいしごびょう》**

空海《くうかい》が入定《にゅうじょう》した場所です。御廟《ごびょう》の裏側《うらがわ》にある壁面《へきめん》の下部には約二十センチほどの穴《あな》が開けられていて、これは人々を救《すく》うために各地を飛び回っている空海《くうかい》の御霊《ごりょう》の出入り口だと考えられています。

◆総本山金剛峯寺《そうほんざんこんごうぶじ》

一般的《いっぱんてき》な寺でいうところの「本坊《ほんぼう》（本院・寺で住職《じゅうしょく》の住んでいる場所）」にあたります。現在《げんざい》「金剛峯寺《こんごうぶじ》」と呼《よ》ばれるのは明治二年（１８６０年）に青巌寺《せいがんじ》と興山寺《こうざんじ》（すでに廃寺《はいじ》となっています）が合併《がっぺい》したものです。長い歴史にふさわしく、歴代天皇《れきだいてんのう》の位牌《いはい》や高野山真言宗管長《こうやさんしんごんしゅうかんちょう》の位牌《いはい》が多く祀《まつ》られています。大主殿《だいしゅでん》、別殿《べつでん》、新別殿《しんべつでん》と区分され、別殿《べつでん》では観光客がお茶をいただくこともできます。襖《ふすま》に柳鷺図《りゅうろず》の描《えが》かれた「柳《やなぎ》の間《ま》」は豊臣秀次《とよとみひでつぐ》が自刃《じじん》した部屋だと伝えられます。

● **正門**

昔は正門を使用することができたのは皇族方《こうぞくがた》と高野山《こうやさん》の高僧《こうそう》のみで、一般《いっぱん》の僧《そう》は右側にある小さなくぐり戸を使っていました。

● **書院上段《しょいんじょうだん》の間《ま》**

天皇《てんのう》・上皇《じょうこう》が参詣《さんけい》した時に応接間《おうせつま》として使用された部屋です。壁《かべ》は総金箔押《そうきんぱくお》し、天井《てんじょう》は折上式格天井《おりあげしきごうてんじょう》の書院《しょいん》造《づく》り。上々段《じょうじょうだん》の間《ま》と装束《しょうぞく》の間《ま》があり、上段《じょうだん》右側には武者隠《むしゃがく》しの間《ま》（稚児《ちご》の間《ま》）があります。

● **稚児《ちご》の間《ま》**

上段《じょうだん》の間《ま》の武者隠《むしゃがく》しの間《ま》で、天皇《てんのう》・上皇《じょうこう》が参詣《さんけい》した際《さい》に同行した護衛《ごえい》が待機《たいき》していた部屋です。

● **奥書院《おくしょいん》**

皇族方《こうぞくがた》の休憩所《きゅうけいじょ》として、上段《じょうだん》の間《ま》とともに高野山《こうやさん》のスペシャルルームとして使用されていた部屋です。

● **囲炉裏《いろり》の間《ま》**

土室《つちむろ》（土を塗《ぬ》り固《かた》めてつくった部屋）とも呼《よ》ばれていて、部屋の中には囲炉裏《いろり》が切られています。空海自筆《くうかいじひつ》と言われている愛染明王《あいぜんみょうおう》が祀《まつ》られています。

● **台所**

江戸時代以降、大所帯《おおじょたい》だった高野山《こうやさん》の僧侶《そうりょ》の食事をまかなった場所です。大釜《おおがま》が三基《き》あり、一基《き》で約七斗《と》（九十八キログラム）、三基《き》で約二〇〇〇人分の米を炊《た》くことができました。

◆ **徳川家霊台《とくがわけれいだい》**

寛永《かんえい》二十年（１６４３年）に徳川家光《とくがわいえみつ》によって建立《こんりゅう》されました。家康《いえやす》と秀忠《ひでただ》の霊廟《れいびょう》があり、国の史跡《しせき》および重要文化財《じゅうようぶんかざい》、世界遺産《せかいいさん》に登録されています。

◆高野山霊宝館《こうやさんれいほうかん》

高野山《こうやさん》上にある国宝《こくほう》、重要文化財《じゅうようぶんかざい》などの保管・展示《てんじ》をおこなっている施設《しせつ》です。

現在《げんざい》の日本の国宝《こくほう》の約二パーセントは高野山《こうやさん》にあると言われています。

平成十年（１９９８年）に現存《げんぞん》する日本最古の木造博物館《もくぞうはくぶつかん》として高野山霊宝館紫雲殿《こうやさんれいほうかんしうんでん》、玄関《げんかん》・北廊《きたろう》・中廊《なかろう》・放《ほう》光閣《こうかく》、南廊及《なんろうおよ》び西廊《さいろう》、宝蔵《ほうぞう》が登録有形文化財《とうろくゆうけいぶんかざい》として指定されています。

◆女人堂《にょにんどう》

高野山《こうやさん》の戒律《かいりつ》の一つである「女人禁制《にょにんきんせい》」のために、かつて女性は高野山《こうやさん》に参《まい》ることができませんでした。

そのために高野七口《こうやななくち》と呼《よ》ばれる場所に女性専用《じょせいせんよう》の籠《こ》もり堂《どう》として「女人堂《にょにんどう》」がつくられ、大日如来《だいにちにょらい》、弁財天《べんざいてん》、神変大菩薩《じんべんだいぼさつ》を祀《まつ》っています。山に入ることのできない女性《じょせい》たちは、この女人堂《にょにんどう》を宿泊施設《しゅくはくしせつ》として利用したり、堂内に祀《まつ》られた大日如来《だいにちにょらい》に祈願《きがん》したり、空海《くうかい》の御廟《ごびょう》や壇上伽藍《だんじょうがらん》を遠くから拝《おが》むために使われていました。また女人《にょにん》堂《どう》に向かう道も厳格《げんかく》に管理されており、女性《じょせい》たちは山全体を覆《おお》うように張《は》り巡《めぐ》らされた結界の周辺を巡《めぐ》ることしかできず、各女人堂《にょにんどう》を行き来するためにできた参詣道《さんけいどう》を「女人道《にょにんみち》」と言いました。以前は七口すべてにあった女《にょ》人堂《にんどう》も、今では京大坂道の到着《とうちゃく》地点である不動坂口《ふどうざかぐち》にあるもの一つしか残っていません。明治五年（１８７２年）になって政府が神社仏閣《じんじゃぶっかく》における女人結界の廃止《はいし》を布告《ふこく》しましたが、実際《じっさい》に高野山《こうやさん》において公式に女人禁制《にょにんきんせい》が終了《しゅうりょう》したのは、高野山開創《こうやさんかいそう》一一〇〇年記念大法会《だいほうえ》に向けて、高野山《こうやさん》を護《まも》っていた結界残部をすべて解除《かいじょ》した明治三十九年（１９０６年）のことになります。

◆お助《たす》け地蔵尊《じぞうそん》

大門前の三叉路《さんさろ》から一〇〇メートルほど南に進んだ場所にある地蔵尊《じぞうそん》で、一つだけ願いを叶《かな》えてくれると言われています。嵯峨天皇《さがてんのう》に願い出て高野山《こうやさん》の地を賜《たまわ》ったとされる空海《くうかい》ですが、平安中期に成立したとされる『金剛《こんごう》峯寺建立修行縁起《ぶじこんりゅうしゅぎょうえんぎ》』にはこれとはまた違《ちが》った話が記《しる》されています。空海《くうかい》が修行《しゅぎょう》に最適な土地を探《さが》して旅をしていた時、大和国宇智郡《やまとのくにうちぐん》（現在《げんざい》の奈良県五條市《ならけんごじょうし》）で黒と白の二匹《にひき》の犬を連れた狩人《かりゅうど》に出会います。狩人《かりゅうど》は犬を解《と》き放《はな》ち、空海《くうかい》に犬の後《うしろ》をついていくようにと告《つ》げました。狩人《かりゅうど》に言われるがまま犬の後《あと》を追いかけていくと、今度は紀伊国天野《きいのくにあまの》（現在《げんざい》の和歌山県かつらぎ町）で土地神である丹生明神《にうみょうじん》が姿《すがた》を現《あらわ》します。そこで空海《くうかい》は丹生明神《にうみょうじん》から高野山《こうやさん》を譲《ゆず》り受《う》けることができ、伽藍《がらん》を建立《こんりゅう》することになったというのです。ここに登場する丹生明神《にうみょうじん》とは山の神であり、狩人《かりゅうど》はその山の神を祀《まつ》る存在《そんざい》であったのではないかと解釈《かいしゃく》されています。もともと神聖《しんせい》な場所であった高野山《こうやさん》に異国《いこく》から持《も》ち込《こ》んだ宗教《しゅうきょう》である密教《みっきょう》の修行《しゅぎょう》場をつくる。そのために山の神に許《ゆる》しを請《こ》い、土地を譲《ゆず》ってもらったということを示《しめ》しているのだと考えられています。空海《くうかい》に道を示《しめ》した狩人《かりゅうど》（狩場明神《かりばみょうじん》または高野明《こうやみょう》神《じん》）と丹生明神《にうみょうじん》を高野山《こうやさん》開創に関わる神として敬《うやま》い、壇上伽藍《だんじょうがらん》の御社《みやしろ》にて現在《げんざい》でも手厚《てあつ》く祀《まつ》られています。

また高野山《こうやさん》はじまって以来、長い間守られてきた禁止事項《きんしじこう》の中に狩場明神《かりばみょうじん》との関係性をうかがわせるものがあります。

一、肉や魚を持《も》ち込《こ》まない。食べない。
一、女人禁制《にょにんきんせい》。
一、遊芸《ゆうげい》に関わる鳴り物をしない。
一、鶏《とり》と猫《ねこ》を飼《か》わない。

この中で鶏《とり》と猫《ねこ》は禁《きん》じられているのに犬だけが許《ゆる》されている理由は、狩場明神《かりばみょうじん》の遣《つか》わした犬が空海《くうかい》を高野山《こうやさん》へ導《みちび》いたからだとされています。

ちなみにですが、遊芸《ゆうげい》に関わる鳴り物をしないという禁《きん》を破《やぶ》ったのは、豊臣秀吉《とよとみひでよし》です。自身の母親の三回忌《かいき》の際《さい》に禁《きん》を破《やぶ》って笛太鼓《ふえたいこ》や鼓《つつみ》を使った能狂言《のうきょうげん》を開催《かいさい》しました。

当日は雲一つない快晴《かいせい》でしたが、能《のう》がはじまると同時に暗雲《あんうん》が空を覆《おお》い、天地を揺《ゆ》るがす凄《すさ》まじい雷雨《らいう》が高野《こうや》山《さん》を襲《おそ》いました。

禁《きん》を破《やぶ》ったことを空海《くうかい》が怒《おこ》っているのだと恐《おそ》れおののいた秀吉《ひでよし》は、単騎《たんき》で一目散《いちもくさん》にお山を駆《か》け降《お》り、間一髪《かんいっぱつ》で難《なん》を逃《のが》れたと言われています。

◆高野山七不思議《こうやさんななふしぎ》

●高野《こうや》にハブなし

昔、高野山《こうやさん》には巨大《きょだい》な毒蛇《どくへび》が棲《す》み着《つ》いており、お山に向かう参詣者《さんけいしゃ》を見つけると襲《おそ》いかかって食べていました。これでは安心してお山にお参《まい》りすることができないとの訴《うった》えを聞いた空海《くうかい》は、竹箒《たけぼうき》を使って大蛇《だいじゃ》を払《はら》い封《ふう》印《いん》してしまいます。そして封《ふう》じ込《こ》められた大蛇《だいじゃ》に向かって「再び竹箒《たけぼうき》を使う時代になれば封印《ふういん》を解《と》いてやる」と伝えたと言われています。

●高野《こうや》に臼《うす》なし

豊臣秀吉《とよとみひでよし》が参詣《さんけい》した際《さい》に割粥《わりがゆ》を欲《ほ》しがりましたが、高野山《こうやさん》には米臼《こめうす》がなかったために米粒《こめつぶ》を包丁《ほうちょう》で二つに切って粥《かゆ》をつくり、それを秀吉《ひでよし》に献上《けんじょう》しました。米粒《こめつぶ》がきれいに二つに割《わ》れていることに気がついた秀吉《ひでよし》が「山に臼《うす》はないのか？」と問いかけたところ、住職《じゅうしょく》は機転を利《き》かせて「女人禁制《にょにんきんせい》のお山ゆえ杵《きね》はたくさんありますが、臼《うす》は一つもございません」と答えました。この答えを聞いた秀吉《ひでよし》は上機嫌だったと伝えられています。これはちょっとエッチなブラックジョークですね。

●姿見《すがたみ》の井戸《いど》

奥之院《おくのいん》へ向かう中の橋を渡《わた》った右側に小さな井戸《いど》があります。この井戸《いど》は「姿見《すがたみ》の井戸《いど》」と呼《よ》ばれ、覗《のぞ》き込《こ》んで水面に自分の姿《すがた》が映《うつ》らないと三年以内に死んでしまうと伝えられています　また映《うつ》った姿《すがた》が薄《うす》い時は死期が近いとも言われます。

●高野《こうや》の大雨

高野山《こうやさん》が開かれて以来、修行僧《しゅぎょうそう》たちは魚や肉などのいわゆる「生臭物《なまぐさもの》」を口にすることは禁止《きんし》されています。そのため、肉好きな者が入山するとお山を洗《あら》い清《きよ》めるために、空海《くうかい》が大雨を降らせるというのです。また毎年おこなわれる御影供《みえく》で御影堂《みえどう》が公開されますが、翌日《よくじつ》は持《も》ち込《こ》まれた穢《けがれ》を洗《あら》い清《きよ》めるために大雨が降ると伝わっています。

●玉川《たまがわ》の魚

御廟橋《ごびょうばし》の下を流れる玉川《たまがわ》には、このような話が伝わっています。ある日、玉川《たまがわ》のほとりで魚を捕《と》り、焼いて食べようとしている男と出会った空海《くうかい》は、魚を憐《あわ》れに思って男から買い取りました。そして玉川《たまがわ》の清流に放《はな》してやると、串《くし》に刺《さ》さっていた魚はたちまち生き返って泳ぎ去《さ》っていきました。これを見た男は殺生《せっしょう》の罪《つみ》を悔《く》いて改心したと言います。以来、この川に住む魚には串《くし》を刺《さ》された箇所《かしょ》に斑点《はんてん》の模様《もよう》が浮《う》き上《あ》がり、今でも高野《こうや》山《さん》ではこの魚を口にすることはないそうです。

●杖《つえ》ケ《が》藪《やぶ》

京の都から帰ってきた空海《くうかい》が高野山《こうやさん》に差《さ》し掛《か》かり、それまで使っていた竹の杖《つえ》を「もう必要ないな」と手放《てばな》そうとしました。

しかしそのまま打《う》ち捨《す》てるのも気がひけ、道端《みちばた》の柔《やわ》らかな地面に挿《さ》し込《こ》みました。

この時杖《つえ》は逆《さか》さまに挿《さ》されていましたが、やがて根を張《は》り枝《えだ》を茂《しげ》らせ、大きな竹藪《たけやぶ》になったと言われています。

●覚鑁坂《かくばんざか》

奥之院《おくのいん》へ向かう中の橋を渡《わた》ってすぐの石段《いしだん》は、覚鑁坂《かくばんざか》と呼《よ》ばれています。

石段《いしだん》の数は四十三段《だん》になっていて、これは四二（死に）を越《こ》えるという意味が込《こ》められているとの説があります。

万が一石段《いしだん》の途中《とちゅう》で転《ころ》んでしまうと寿命《じゅみょう》は三年もたないと伝わっていて、別名「三年坂」と呼《よ》ばれています。

密教法具《みっきょうほうぐ》

密教《みっきょう》の呪術的行事《じゅじゅつてきぎょうじ》である加持祈祷《かじきとう》には、さまざまな法具《ほうぐ》が使用されます。

日常《にちじょう》生活ではちょっとお目にかからないそれらの法具《ほうぐ》を、いくつか紹介《しょうかい》させてもらいます。

◆護摩《ごま》

インド発祥《はっしょう》の宗教《しゅうきょう》で炎《ほのお》を使っておこなわれる儀式《ぎしき》が大本で、「供物《くもつ》」「供物《くもつ》をささげる」「生贄《いけにえ》」「犠牲《ぎせい》」といった意味のサンスクリット語「ホーマ」が語源《ごげん》です。

主《おも》に密教行事《みっきょう》でおこなわれる護摩供養《ごまくよう》で炎《ほのお》の中に護摩木《ごまき》や供物《くもつ》を投げ入れて祈願《きがん》する方法《ほうほう》は「外護摩《げごま》」と呼《よ》ばれます。

一般的《いっぱんてき》には目的別に五種類に分類されます。

1. 息災法《そくさいほう》

旱魃《かんばつ》や強風、洪水《こうずい》、地震《じしん》、火事などの自然災害《しぜんさいがい》を避《さ》けるために祈《いの》るものです。

個人的《こじんてき》な苦難《くなん》や煩悩《ぼんのう》も祈祷《きとう》の対象となります。

2. 増益法《ぞうやくほう》

災害《さいがい》を除《のぞ》くだけでなく、幸福を積極的に招《まね》き入れるための修法《しゅほう》です。

福徳反映《ふくとくはんえい》を目的とし、長寿延命《ちょうじゅえんめい》、縁結《えんむす》びも祈祷《きとう》の対象となります。

3. 調伏法《ちょうぶくほう》

怨敵《おんてき》、魔障《ましょう》を取《と》り除《のぞ》くためにおこなう修法《しゅほう》です。

悪行を抑《おさ》え込《こ》むことを目的とするために、他の修法《しゅほう》よりも特に能力の秀《ひい》でた阿闍梨《あじゃり》がおこなうことが通例となっています。

4. 愛敬法《あいきょうほう》

調伏法《ちょうぶくほう》とは逆《ぎゃく》に他人を敬《うやま》い愛する平和・円満のための修法《しゅほう》です。

5. 鉤召法《こうちょうほう》

諸尊《しょそん》・善神《ぜんしん》・自分の愛する者を収集《しゅうしゅう》するための修法《しゅほう》です。

◆護摩壇《ごまだん》

護摩《ごま》を焚《た》く時に炉《ろ》を設置するための壇《だん》。

大壇《だいだん》、円形の水壇《すいだん》、木製《もくせい》の木壇《ぼくだん》の三種類があり、日本では主《おも》に木壇《ぼくだん》を使用します。

中央には鉄、石、瓦製《かわらせい》の護摩炉《ごまろ》を設置《せっち》し、四隅《よすみ》に四橛《しけつ》（結界を張《は》るために使用する細身の杭《くい》）と呼《よ》ばれる棒《ぼう》を立てて五色の壇線《だんせん》（護摩壇《ごまだん》を囲って結界をつくるための縄《なわ》。人絹《じんけん》と正絹《しょうけん》とがある）を巡《めぐ》らせ、正面に鳥居《とりい》を立てます。

壇上《だんじょう》四面に火舎《かしゃ》（蓋付《ふたつ》きの香炉《こうろ》）、六器《ろっき》、花瓶《けびょう》、飯食《ぼんじき》、餅《もち》、菓《かし》の四面器を置き、正面には鈴《すず》や杵《しょ》を、壇《だん》前面には礼盤《らいばん》（僧侶《そうりょ》が座《すわ》るための台）と左右に脇机《わきづくえ》を置きます。

◆加持杖《かじじょう》（かじつえ）

加持《かじ》をおこなう時に使用する、約三十センチの長さの杖《つえ》です。

桃《もも》の枝《えだ》やザクロ、ハゼの枝《えだ》などを使うこともあり、この枝《えだ》に真言《しんごん》を唱《とな》えて加持杖《かじじょう》を作成します。

加持《かじ》する人物や品物に向けて振《ふ》ったり、触《ふ》れたり、軽く叩《たた》いたりして使用します。

◆加持供物《かじくもつ》

護摩《ごま》を焚《た》く時に炎《ほのお》の中に投げ入れるための供物《くもつ》です。

目的によってさまざまな決まりがあり、息災法《そくさいほう》では白ゴマ、増益法《ぞうやくほう》では白米、調伏法《ちょうぶくほう》では芥子《けし》を使用することになっています。

◆加持香水《かじこうずい》

井戸《いど》から早朝に組み上げた水で、人や対象物、法界《ほっかい》（意識の対象となるすべてのもの）を清《きよ》めるのに遣《つか》います。

加持杖《かじじょう》の先端《せんたん》を使って水を弾《はじ》きます。

◆加持念珠《かじねんじゅ》

加持《かじ》をおこなう修験者《しゅげんじゃ》や僧侶《そうりょ》が持つ念珠《ねんじゅ》で、これを使って人や対象物を清《きよ》めます。

◆金剛杵《こんごうしょ》

両端《りょうたん》が突《つ》き出た形になっている法具《ほうぐ》で、突起《とっき》は槍《やり》の刃《は》を模《も》したものです。

突起《とっき》が一つのものを「独鈷杵《とっこしょ》」、三叉《みつまた》になっているものを「三鈷杵《さんこしょ》」、五つに分かれているものを「五鈷杵《ごこしょ》」と呼《よ》びます。

元々は古代インドで使用されていた武器《ぶき》で、後世《こうせ》になって煩悩《ぼんのう》を打《う》ち砕《くだ》く神仏《しんぶつ》の智慧《ちえ》を意味する法具《ほうぐ》となりました。

他に中央の刃《は》に六本の刃《は》が取り囲んだ「七鈷杵《ななこしょ》」、八本の刃《は》が中央の刃《は》を囲んだ「九鈷杵《くこしょ》」、柄《え》の両端《りょうはし》に如意宝《にょいほう》珠《じゅ》のついた「宝珠杵《ほうじゅしょ》」、同じく宝塔《ほうとう》のついた「宝塔杵《ほうとうしょ》」、独鈷杵《とっこしょ》の両端《りょうはし》に宝珠《ほうじゅ》のついた「金錍《こんぺい》」などがあります。

金や銀、銅《どう》、鉄などの金属《きんぞく》を使っているもの、木製《もくせい》のもの、石や人骨《じんこつ》を用《もち》いてつくられたものなどがあります。

◆金剛鈴《こんごうれい》

金剛杵《こんごうしょ》の片側が鈴《すず》の形になっている法具《ほうぐ》で、金剛杵《こんごうしょ》と同じように「独鈷鈴《とっこれい》」「三鈷鈴《さんこれい》」「五鈷鈴《ごこれい》」などがあります。

◆羯磨《かつま》

三鈷杵《さんこしょ》を十字に組み合わせ、四方向に三鈷《さんこ》が突《つ》き出た形をした法具《ほうぐ》です。

儀式《ぎしき》や修行《しゅぎょう》の成就《じょうじゅ》を願って修法壇《しゅほうだん》の四隅《すみ》に設置されます。

魔除《まよ》けの他、運気の向上や災難除《さいなんよ》け、願望成就《がんぼうじょうじゅ》として古くから儀式《ぎしき》に使用されています。

修法《しゅほう》の際《さい》の結界の維持《いじ》の他、四方に結界を張って災難《さいなん》から対象者を守る効果《こうか》もあるとされています。

◆輪宝《りんぼう》

車輪をかたどった法具《ほうぐ》で、回転することで煩悩《ぼんのう》を打《う》ち砕《くだ》くと考えられています。

元々は古代インドで使用されていた車輪型の武器《ぶき》でしたが、後世《こうせ》で仏教《ぶっきょう》に取り入れられて、転輪聖王《てんりんじょうおう》の持つ七《しち》宝《ほう》の一つとされました。

転輪聖王《てんりんじょうおう》の目的地に先回りして四方を制すると考えられ、正しい治世《ちせい》を助けると言われています。

参考文献

『空海と密教美術』正木 晃／角川書房

『図解雑学 密教』頼富本宏／今井淨圓 那須真裕美／ナツメ社

『呪いの博物誌 異端邪術の世界』藤巻一保／学研

『空海の本』株式会社学習研究社

『[図説]日本呪術全書』豊嶋泰國／原書房

『宇治拾遺物語 古本説話集 新日本古典文学大系42』三木紀人／浅見和彦／中村義雄／小内一明／株式会社／岩波書店

『今昔物語 巻十四ノ四〇』『撰集抄五巻十五話』『宇治拾遺物語 巻二ノ二 二〇』『宇治拾遺物語 巻二ノ三 二一』

参考WEBサイト

世界文化遺産 京都 醍醐寺 https://daigoji/or/jp

オカルトオンライン https://occult.online

高野山霊宝館 https://www.reihoukan.or.jp

シニアパラダイス https://blog.livedoor.jp/abiten-senior-paradaise/

和楽web https://intojapanwaraku.com

雨あがるノベログ https://dokoniiru-kokoniiru01.com/

そうだ 京都、行こう https://souda-kyouto.jp

天台宗 青柳大師 龍造寺 https://https.aoyagidaishi.com

エンサイクロペディア空海 https://mikkyo21f.gr.jp

全真言宗青年連盟 https://kobodaishi.jp

あだち観光ネット https://www.adachikanko.net/

日本国際情報学会誌「kokusai-joho」4巻1号
1945年ルーズベルト呪詛説に関する一考察 増子保志／日本国際情報学会

にいがた観光ナビ https://niigata-kankou.or.jp/

山形への旅 山形県公式観光サイト https://yamagatakanko.com/

真言宗智山派海雲山瀧泉院 西生寺 https://www.saisyouji.jp/

わかやま歴史物語100 https://wakayama-rekishi100.jp/

毘沙門天 やすらか庵 https://yasurakaan.com/

日本伝承大鑑 https://japanmystery.com/

高野山・御朱印 https://xn--kx8an0zkmduym9n8d1hn.jinja-tera-gosyuin-meguri.com/

著■橘 伊津姫（たちばな いつき）
幼少期よりオカルト・ホラー・心霊などに興味を持ち、情報を収集していた。現在、主にネット上にてホラー小説を公開。神話系、怪談系など人知を超越した伝承や不思議な事柄を文章で表現している。主な著作：汐文社刊では、『世界の神々と四大神話』全四巻、『意味がわかるとゾッとする話 3分後の恐怖1期』全三巻などがある。

イラスト◆白桜 志乃（しろさくら しの）
Web漫画家・イラストレーター。日本中世前期の歴史（特に鎌倉時代末期から南北朝時代）を中心に歴史創作系漫画やイラストを多数制作。Webおよび書籍掲載など多岐にわたり活動中。

呪術《じゅじゅつ》　闇《やみ》と光のバトル
仏《ほとけ》はわがうちにあり　密教《みっきょう》

2024年11月　初版第1刷発行

著　　者　橘 伊津姫
発 行 者　三谷 光
発 行 所　株式会社 汐文社
東京都千代田区富士見1-6-1
富士見ビル1階　〒102-0071
電話03-6862-5200　FAX03-6862-5202
https://www.choubunsha.com/
印　　刷　新星社西川印刷株式会社
製　　本　東京美術紙工協業組合

ISBN978-4-8113-3142-3　　NDC913